ISABEL MORF

Selbsanft

TÖDLICHE RACHE Am Fusse des »Selbsanft«, in einem abgelegenen Tal wird die Leiche eines Mannes entdeckt. Matthias Freytag ist in der kalten Novembernacht erfroren, hatte aber auch grössere Mengen Alkohol und Rohypnol im Blut, obwohl er normalerweise kaum Alkohol trank. Handelt es sich um einen Unglücksfall, einen Suizid oder gar um ein Tötungsdelikt? Drei Tage später wird in Glarus in ihrem Haus die Ärztin Doro Schuler tot aufgefunden. Todesursache: Pilzvergiftung. Auch bei ihr stellt sich die Frage: Unglücksfall, Suizid – oder Mord? Warum hatte die Ärztin sich nicht gegen die Vergiftung behandeln lassen? Kurze Zeit später stellt sich heraus: Die beiden Toten kannten sich. Gab es einen Zusammenhang zwischen den Todesfällen? Kriminalkommissar Melchior Zwicky ermittelt mit Hilfe des Zürcher Kriminalbeamten Beat Streiff. Hatte die Ärztin Feinde? Gab es Leute, die gegen Freytag einen Groll hegten? Und was für eine Rolle spielt Agnes Carmichael, die Freundin des Polizisten in dem Ganzen? Ein verwirrendes Labyrinth von Spuren, Indizien, Verdächtigen – werden Zwicky und Streiff das Rätsel lösen?

Isabel Morf wurde in Graubünden geboren und wuchs im Kanton Glarus und im Mittelland auf. Seit vierzig Jahren lebt sie in Zürich, mit Ausnahme eines Jahrs, das sie während ihres Studiums der Germanistik in Wien verbrachte, wo ihr Lieblingskaffeehaus das »Jelinek« war. Einige Jahre schrieb sie als freie Journalistin über Gesellschaftsthemen, unter anderem – und mit besonderem Interesse – Berichte über Gerichtsprozesse am Obergericht Zürich, was sich im Nachhinein als nützliche Weiterbildung erweist. Heute arbeitet sie Teilzeit als Protokollführerin und Online-Redakteurin für das schweizerische Parlament in Bern. Das lässt ihr Zeit, sich allerhand Kriminelles auszudenken, das sie dann aber nicht durchzieht, sondern lediglich niederschreibt.

www.isabelmorf.ch

Bisherige Veröffentlichungen im Gmeiner-Verlag:
Von Zimtsternen und Zimtzicken (Hrsg. Friederike Schmöe) (2016)
Jahrhundertschnee (2014)
Katzenbach (2012)
Satzfetzen (2011)
Schrottreif (2009)

ISABEL MORF

Selbsanft

Kriminalroman

GMEINER SPANNUNG

Besuchen Sie uns im Internet:
www.gmeiner-verlag.de

Im Ehnried 5, 88605 Meßkirch
Telefon 07575/2095-0
info@gmeiner-verlag.de

1. Auflage 2017

Lektorat: Claudia Senghaas, Kirchardt
Herstellung: Mirjam Hecht
Umschlaggestaltung: U.O.R.G. Lutz Eberle, Stuttgart
unter Verwendung eines Fotos von: © Peter Wey / shutterstock.com
Druck: GGP Media GmbH, Pößneck
Printed in Germany
ISBN 978-3-8392-2038-2

Personen und Handlung sind frei erfunden.
Ähnlichkeiten mit lebenden oder toten Personen
sind rein zufällig und nicht beabsichtigt.

1 UNTER NULL

Ein Toter lag am Fuße des Selbsanft. Das Tierfehd, die abgelegene schattige Gegend unterhalb des Bergs, war, trotz des schmucken alten Hotelkastens, ein unwirtlicher Ort. So wenig einladend, wie Großbaustellen eben sind. Das jahrzehntealte Wasserkraftwerk Linth-Limmern wurde durch ein neues Pumpspeicherwerk ersetzt. Das Hotel diente den Bauarbeitern als Unterkunft, das Restaurant war im November an den Wochenenden geschlossen, die Baustelle verlassen. Die Bergtourensaison war vorbei. Verfärbte Blätter lagen auf dem Weg, nicht mehr rot und gelb, sondern feucht und bräunlich geworden. In den letzten Tagen hatte sich die Sonne kaum gezeigt. Der Herbst kippte allmählich in den Winter, der Himmel war grau, die Temperaturen sanken nachts unter den Gefrierpunkt.

Da lag nun an einem kalten Sonntagmorgen dieser Tote. Neben der Terrasse des Restaurants »Tödi« standen ein paar Holztische mit Bänken unter Bäumen, im Sommer ein Angebot für Wanderer, die ihr Picknick selbst mitbrachten. Er lag zwischen zwei Tischen, der Kopf halb unter einer Bank. Ein Mann um die fünfzig, dicklich, bärtig, blass, mit schütterem Haar, hellen Strähnen, die die kahlen Stellen kaschieren sollten, jetzt aber wirr vom Kopf abstanden. Seine Augen waren halb geschlossen. Ein hässlicher Toter an einem traurigen Ort. Er lag auf dem Rücken, den einen Arm hatte er ausgestreckt, den anderen angewinkelt über dem Oberkörper, die Hand ins Hemd verkrampft. Er trug Wanderkleidung und hatte einen kleinen Rucksack neben sich. Die rote Windjacke lag auf dem Boden zwei Meter neben ihm, auch den Pullover hatte er ausgezogen und das Hemd aufgerissen, zwei Knöpfe waren ab. War ihm heiß gewesen? In einer Novembernacht? Was war bloß in den gefahren?

Valerie Gut trödelte lustlos den Weg entlang. Sie trug eine grüne Wanderjacke, robuste Turnschuhe, ihre kinnlangen braunen Locken, die mit etwas Grau gesprenkelt waren, fielen ihr ins Gesicht. Seit einer Stunde schien eine fahle Sonne, die nicht wärmte, durch Wolkenfetzen. Sie wusste nicht, was sie wollte, wohin sie wollte, ob sie überhaupt irgendwohin wollte. Sollte sie sich ins »Tea Room Schiesser« setzen und bei einem Milchkaffee die gestrige Regionalzeitung lesen? Nein, das kam nicht infrage, das Café war geschlossen. Es war Sonntag, später Vormittag. Sie war mit dem Zug von Glarus nach Linthal gefahren in der Absicht, mit der Standseilbahn ins Feriendorf Braunwald hinaufzufahren. Aber plötzlich hatte sie keine Lust mehr darauf gehabt, auch wenn es oben vielleicht etwas mehr

Sonne gab. So war sie durchs Dorf geschlendert. Hier begann der Weg, der in anderthalb Stunden ins Tierfehd führte. Kein besonders schöner Ort, aber der Pfad war ganz nett, links rauschte die Linth, das Wasser war schiefergrau, rechts ein bewaldeter Steilhang. Bestimmt würde sie hier keinen anderen Wanderern begegnen. Valerie ging los, zwang sich, zügig voranzukommen. Das war besser, als sich Missmut und Bedrücktheit auszuliefern. Es reichte, wenn in ihrem Kopf trotzige und traurige Gedanken kreisten, wenn ihr das Herz wehtat. Ihre Stimmung durfte nicht auch noch ihren Körper regieren. Der Waldweg wurde schmal, es ging auf und ab, Valerie kletterte über Baumwurzeln, ging ein paar Hundert Meter unter einem Blätterdach, dann über eine feuchte Wiese, sah von Weitem zwei, drei kleine Gehöfte, alte Häuser aus fast schwarzem Holz. Dann bog der Weg wieder in den Wald ein, Valerie gefiel das dämmrige Licht. Als sie aus dem Wald trat, stand sie vor einem Wasserfall, der von einer hohen Felswand herunterstürzte.

Im Tierfehd würde ihr Weitergehen gestoppt werden von den Felswänden, die auf drei Seiten aufragten. Clariden, Tödi, Selbsanft. Melchior Zwicky, ihr Gastgeber in Glarus, hatte ihr die Namen genannt. Ihr schien, als würden diese hohen Felswände, die sich ihr entgegenstellten, ihre eigene Lebenssituation widerspiegeln. Sie konnte nichts tun, so sehr sie auch wollte, sie musste die Lage hinnehmen, wie sie nun mal war. Das passte ihr nicht, das passte nicht zu ihr. Immer war sie initiativ und tatkräftig gewesen, hatte vor vielen Jahren in Zürich ein heruntergekommenes Fahrradgeschäft übernommen und zu einem erfolgreichen Laden gemacht. Auch wenn es um private Dinge ging, wartete sie nicht einfach ab, was das Leben ihr bescheren würde. Sie nahm die Dinge selber in die Hand, wenn auch manchmal ganz subtil. So war vor Jahren sie es gewesen, die Beat Streiff dazu verführt hatte, um sie zu werben.

Und jetzt? Jetzt war alles anders. Es war nicht nur die erzwungene Passivität, die sie quälte, mehr noch waren es Angst und Kummer. Sie war nun seit einer Woche im Glarnerland, im November lief im Geschäft ja nicht viel. Sie wohnte in Glarus, in der kleinen Wohnung von Melchior Zwickys vor Kurzem verstorbener Mutter. Wenn sie aus dem Fenster schaute, sah sie Berge. Glarus lag in einem schmalen lang gezogenen Tal, rechts Berge, links Berge, und auch in Richtung Linthal, das ganz hinten im Tal lag, waren von Glarus aus Berge zu sehen. Zwicky war als junger Kriminalbeamter nach Zürich gekommen und hatte bis vor einem Jahr als Kollege von Beat Streiff gearbeitet. Hatte er sich anfangs bei Mordermittlungen noch ungeschickt angestellt und Streiff verärgert, war er mit der Zeit ein guter Polizist und ein Freund von Valerie und Beat geworden. Sein letzter Fall in Zürich waren die sogenannten Nikolaus-Morde gewesen. Seit einem knappen Jahr war er Kriminalbeamter im Kanton Glarus. Er war als Bergbauernsohn in ärmlichen Verhältnissen aufgewachsen, hatte zuerst eine Maurerlehre gemacht und war dann zur Polizei gegangen.

»Komm doch zwei, drei Wochen zu uns«, hatte er Valerie vorgeschlagen. »Der November ist ja ohnehin deine Ferienzeit. Du machst dich nur verrückt, wenn du untätig zu Hause herumhängst.«

Er hatte natürlich recht, und so war Valerie nach Glarus gefahren. Sie ging täglich spazieren. Manchmal schlenderte sie dahin, ohne Energie, ohne die Landschaft zu sehen, dann wieder rannte sie fast durch den Wald, nahm Gerüche und Herbstfarben wahr und versuchte, an nichts zu denken. Oft machte sie kleinere Radtouren auf einem gemieteten Mountainbike. Einmal hatte sie sich auf einem Rennrad die Klausenpassstraße hinaufgezwungen bis zum Urnerboden. Abends aß sie meistens mit Melchior Zwicky und seiner Freundin Agnes Carmichael, einer Krankenschwester am Kantonsspital Glarus. Sie war Engländerin, lebte aber schon lange im Glarnerland, sprach ein Deutsch mit einer reizenden englischen Färbung und versuchte sich sogar ab und zu in Ausdrücken im Glarner Dialekt, nachdem sie jahrelang darum gekämpft hatte, ihn wenigstens zu verstehen. Valerie mochte sie. Sie war Mitte dreißig, zierlich, hatte rötlichblondes Haar, ein fein geschnittenes blasses Gesicht mit zarten Sommersprossen und ein fröhliches Lachen. Sie war, befand Valerie, auf eine richtig englische Art hübsch. Sie passte gut zu Melchior, der ein kräftiger Bergler war, nicht sehr groß, dunkelhaarig und mit einem kantigen, schon jetzt, mit sechsunddreißig wettergegerbten Gesicht. Er war eher schweigsam, ließ sich aber immer wieder von Agnes aufheitern. Allerdings schien sie Valerie verändert zu sein. Immer noch liebenswürdig, aber stiller, in sich gekehrt. Irgendeine Sorge schien auf ihr zu lasten. Valerie forschte nicht nach. Sie saß abends gern mit den beiden zusammen, schätzte es, dass sie in den Alltag des Paars aufgenommen war, dass man beim Abendessen über alles Mögliche sprach, Polizeiarbeit, Arbeit im Krankenhaus, Glarner Politik, Wanderungen – bloß nicht über Beat, nicht über Valeries Situation.

Drei oder vier von hunderttausend, dachte Valerie jetzt aufgebracht und starrte böse den Selbsanft an. Drei von hunderttausend – und ausgerechnet Beat, ihren Beat musste es treffen. Fast ein Jahr war es her, seit ihr Mann in der Wohnung zusammengebrochen war und mit Blaulicht ins Spital gefahren werden musste. Diagnose: Hirntumor. Das Ding war gutartig, ein Meningeom, aber groß, es musste augenblicklich raus. Es war entfernt worden, alles war gut gegangen. Beats Gehirn war nicht geschädigt, er konnte denken, sehen, reden, sich bewegen – und doch ließ das Happy end auf sich warten. Valerie stand immer noch beim Wasserfall, blickte die Felswand empor. Laut und schnell und endlos warf sich das Wasser herunter, es hatte etwas Gewaltsames und gleichzeitig etwas Faszinierendes an sich. Valerie empfand das Unaufhörliche dieser Bewegung auch als beruhigend. Das Wasser fiel und fiel, schon vor hundert Jahren war es heruntergestürzt, und in hundert Jahren würde es noch genauso sein. Ein Jahr, zwei Jahre waren für dieses Wasser gar nichts, und in zwei Jahren würde in ihrem Leben vielleicht alles ganz anders, alles wieder gut sein.

Es sei normal, hatten die Ärzte gesagt, dass die Gesundung sehr lange dauere, dass der Patient häufig Ruhepausen brauche, dass er nur Teilzeit arbeiten könne. Streiff hatte es nicht akzeptieren wollen. Teilzeit an einem Mordfall arbeiten? – So ein Quatsch! Sollte er ein Tötungsdelikt nur teilaufklären? Sollte er die ganze Verantwortung an seine Kollegin Zita Elmer abgeben und sich auf Handlangerdienste beschränken? Ein Bürogummi werden? Sicher nicht. Er hatte sich in die Arbeit reingekniet, bis er nach kurzer Zeit vor Erschöpfung zusammengebrochen war und wieder voll pausieren musste. Das hatte sein Selbstvertrauen empfindlich getroffen. Er ging gegen Ende fünfzig – war jetzt etwa schon fertig mit Arbeiten? Hatte ihn dieses mandarinengroße Teil in seinem Hirn definitiv aus dem aktiven Leben hinauskatapultiert?

Er hatte vor drei Monaten den radikalen Rückzug gewählt. Hatte sich zurückgezogen in ein Häuschen auf dem Land, das ihm ein Freund überlassen hatte. Und er wollte Valerie nicht sehen. Nicht sehen, sie, seine Frau! Wie kann er nur?, dachte Valerie hundertmal am Tag. Sie wusste nicht einmal, wo dieses Refugium war, sonst wäre sie natürlich hingefahren. Er schickte ihr Mails, sie schrieb zurück, ab und zu telefonierten sie. Immerhin. Nein, er würde nicht für immer dort bleiben, das hatte er ihr versichert. Aber er gab keine Prognose ab, wie lange er für sich bleiben würde. Zum ersten Mal in ihrem Leben hatte Valerie das Gefühl, einer Situation völlig ausgeliefert zu sein. Sie musste warten, einfach warten, bis er sich meldete, bis er auf ihre Mails antwortete, bis er auf ihre Fragen einging – oder auch nicht. Die Arbeit bot ihr Ablenkung. Sie liebte ihren »FahrGut« noch immer, hatte gute Mitarbeiter und eine große Stammkundschaft. Trotzdem waren die Tage oft kaum auszuhalten. Nun habe ich also auch einen Rückzugsort auf dem Land, hatte Valerie sarkastisch gedacht, als sie sich für den Aufenthalt bei Melchior und Agnes entschieden hatte, und sie hatte es Beat auch so geschrieben. »Bei Melch bist du gut untergebracht«, hatte Beat am Telefon geantwortet. »Und du?«, hatte sie verzweifelt zurückgefragt. »Ich kann im Moment niemanden brauchen«, hatte er kurz angebunden erwidert. Ach, sie hätte das Telefon an die Wand schmeißen können.

Jetzt kickte Valerie trotzig einen Stein ins Gras. Bald würde sie im Tierfehd angekommen sein. Das Restaurant war am Sonntag zu, aber sie hatte ein Sandwich dabei. Sie würde ein paar Fotos machen und dann den gleichen Weg wieder zurückgehen, das Autosträßchen mochte sie nicht benutzen, auch wenn es kaum befahren wurde. Der Ort war alles andere als ein pittoreskes Touristenziel, aber das war Valerie gerade recht. An der Weggabelung zeigten Wegweiser nach rechts, in den Wald hinein in Richtung »Kistenpass 7h«, »Muttseehütte 5h 15min«, »Fridolinshütte 4h 30min«. Valerie bog nach links ab.

Sie ging der Baustellenabschrankung entlang zum »Hotel Tödi«. Unter Bäumen sah sie ein paar Holztische. Dort würde sie sich ein paar Minuten hinsetzen, wenn die Bank nicht feucht war, und ihr Brötchen und den Schokoriegel essen. Es war ganz still. Die Sonne hatte etwas mehr Kraft gewonnen und warf helle Flecken auf die Erde. Aber ein kühler Wind war aufgekommen. Valerie zog den Reißverschluss ihrer Windjacke hoch und wickelte den petrolfarbenen Baumwollschal enger um den Hals.

Ihr Körper erschrak schon, bevor ihr Verstand begriff, bevor ihre Augen das Bild ins Hirn transportiert hatten und es dort entschlüsselt wurde. Ihr Herz klopfte heftig, die Knie wurden ihr weich, in ihrem Bauch bildete sich ein Klumpen aus Angst. Als Erstes erblickte sie nicht die Gestalt, die in zehn Metern Entfernung zwischen den Tischen auf der Erde lag, sondern ein Bild von früher tauchte auf. Eine Zehntelsekunde lang sah sie einen Mann tot vor sich liegen, am Fuß einer Treppe, mit verrenkten Gliedern. Vor Jahren in ihrem Fahrradgeschäft »FahrGut« war das gewesen. Schmerz fuhr durch sie hindurch. Dann verschwand dieses Bild, und sie näherte sich langsam, widerstrebend dem reglosen Körper. Es war ein

Mann, wahrscheinlich etwas jünger als sie. Ziemlich lange stand sie einfach da, schaute auf ihn hinunter. Nein, der war nicht nur ohnmächtig, das wusste sie, ohne ihn berühren zu müssen. Seine Gesichtszüge waren starr, ohne jeden Ausdruck. Auf einem der Tische lag ein kleiner Rucksack. Zwei Meter weiter, unter einem Tisch, war ein brauner Faserpelzpullover, der musste wohl ihm gehören. Und in seiner Nähe war eine rote Windjacke hingeschmissen worden. Hatte er die selbst ausgezogen? Weshalb? Vielleicht hatte er einen Herzinfarkt erlitten. Diese Patienten verspürten oft ein Engegefühl in der Brust. Hatte er sich Jacke und Pulli vom Leib gerissen in der Hoffnung, besser atmen zu können? Es war sinnlos, dennoch ging Valerie, hob Pullover und Jacke auf und breitete sie über den Toten. Alles war kalt und klamm, denn nachts hatte es genieselt. Sie berührte den toten Körper nicht. Sie nahm auch den Rucksack vom Tisch und legte ihn neben den Mann, als ob ihm seine Sachen etwas zurückgeben könnten von seiner Persönlichkeit, seiner Lebendigkeit. Valerie wurde erst viel später bewusst, dass sie es für sich selbst tat: um aus einer Leiche, mit der sie ganz allein war, einen Menschen zu machen.

Sie setzte sich auf eine Bank. Polizei. Sanität. Sollte sie das Kantonsspital Glarus anrufen? Die Nummer 117, die Notrufnummer der Polizei, wählen? Oder Melchior Zwicky um Hilfe bitten? Er hatte frei, verbrachte den Tag mit Agnes, die ebenfalls einen freien

Sonntag hatte. Trotzdem wählte sie seine Nummer, er würde das Nötige organisieren können.

Es dauerte eine endlose Dreiviertelstunde, bis Krankenwagen und Polizeiautos eintrafen. Valerie fror. Sie hatte sich aus der Nähe des toten Mannes zurückgezogen, hockte auf den Stufen, die zur Restaurantterrasse führten. Sie behielt ihn im Blick. Hoffte sie, er würde sich doch wieder bewegen? Fürchtete sie, ein Fuchs könnte sich ihm nähern? Das Wort *Totenwache* zog durch sie hindurch. Sie schüttelte es ab. Mit diesem Toten hatte sie nichts zu tun, wollte sie nichts zu tun haben. Ein Fremder, ein ganz und gar Fremder, von dem sie nichts wissen wollte. Sie würde zurückgefahren werden nach Glarus und nie mehr an ihn denken. Plötzlich fühlte sie sich so schwer, als ob sie nie mehr aufstehen könnte. Beat. Warum war Beat nicht da? Damals, vor Jahren, als sie jenen anderen Toten gefunden hatte, war er gekommen, war er der Ermittler gewesen. Und nachdem er den Fall gelöst hatte – Valerie hatte ihm ein bisschen geholfen, oder sollte man besser sagen: hineingepfuscht? –, waren sie ein Paar geworden. Waren sie immer noch ein Paar? Oder war er dabei, sich endgültig von ihr zu entfernen? Valerie hörte das Geräusch von sich nähernden Autos. Das brachte sie wieder in die Gegenwart, ins Geschehen zurück. Eine leise Empfindung von Mitleid kam in ihr auf. Hoffentlich ist er rasch gestorben, dachte sie. Hoffentlich hat er nicht stundenlang da gelegen, in Schmerzen, frierend, in Angst. Vermutlich ist es schnell gegangen, tröstete sie sich. Sonst hätte er doch Hilfe herbeirufen können, bestimmt hatte er ein Handy.

Sie stand auf und ging zum Toten hinüber. Ums Hotel herum kamen zwei Sanitäter mit einer Bahre, gefolgt von Melchior Zwicky und zwei uniformierten Polizeibeamten. Valerie war froh, dass Menschen eintrafen, und erleichtert und überrascht, dass Melchior auch gekommen war.

Er legte ihr kurz die Hand auf die Schulter. »Ist ein bisschen hart für dich, ja?«, sagte er und schaute sie forschend an.

Sie zuckte unsicher die Schultern, schluckte einen Kloß hinunter, der sich in ihrem Hals gebildet hatte, und lächelte unsicher. »Danke, dass du gekommen bist«, murmelte sie. »Aber es wäre nicht nötig, ich meine, es ist ja kein Mord, und Agnes hatte bestimmt keine Freude …« Sie verhedderte sich und brach ab.

»Selbstverständlich muss die Polizei her bei einem ›agT‹, einem außergewöhnlichen Todesfall« sagte er. »Im Polizeiposten Schwanden hat Jenny Sonntagsdienst. Aber der befasst sich gerade mit einer Wirtshausschlägerei von letzter Nacht.« Er fügte hinzu: »Und ich bin auch wegen dir gekommen.«

Einer der Sanitäter beugte sich zu dem Mann hinunter, berührte sein Gesicht, seine Hand. Auch Zwicky ging in die Knie.

»Seltsam, er hat Pullover und Jacke nur über sich gelegt.«

»Äh, das war ich«, stotterte Valerie. »Seine Sachen

lagen verstreut herum. Als ob er sie weggeschmissen hätte. Ich habe«, plötzlich kam sie sich lächerlich vor, »ich habe ihn … zugedeckt.« Sie senkte den Blick.

Wieder legte ihr Zwicky kurz die Hand auf den Arm. »Na ja. Hättest du natürlich besser lassen sollen. Aber ich verstehe dich schon. Zeig mir genau, wo die Kleider und der Rucksack lagen.«

Valerie legte die Gegenstände ungefähr dorthin, wo sie sie gefunden hatte. Zwicky ließ das Bild auf sich wirken. Dann winkte er einen der beiden Polizeibeamten, die mit ihrem Streifenwagen gekommen waren, herbei, er solle die Szene fotografieren. Dann griff er sich den Rucksack des Toten.

»Ihr könnt ihn wegbringen«, sagte er dann zu den Sanitätern. »Stucki von der Rechtsmedizin ist informiert.«

Valerie war verwirrt. »Warum müssen sie fotografieren? Und warum muss der Mann in die Rechtsmedizin? Er ist doch nicht umgebracht worden, er hat keine Verletzungen.«

»Höchstwahrscheinlich nicht«, gab Zwicky zu. »Aber bevor man nicht alles untersucht hat, kann man es nicht wissen. Man muss ohnehin die Todesursache feststellen.«

»Seht euch ein bisschen um«, wies er zwei Polizeibeamte an, »mich interessiert, ob es Spuren der Anwesenheit einer zweiten Person gibt, ob vielleicht irgendwo Medikamente herumliegen oder ob der Mann sonst irgendetwas verloren hat.«

Dann wandte er sich an Valerie. »Komm, wir fahren zurück.«

Beide schwiegen während der Fahrt. Dafür bin ich nicht hierhergekommen, dachte Valerie empört. Ich wollte an einen friedlichen Ort, wo mich nicht alles an Beat erinnert. Und jetzt bin ich wieder mitten drin gelandet: Leiche, Sanität, Polizei, Rechtsmedizin. Sie überlegte sich, gleich zurück nach Zürich zu fahren, sich in ihrer eigenen Wohnung zu verkriechen, sich vielleicht mit ihrer Freundin Lina zu treffen.

Zu Hause wartete Agnes. Die Teekanne stand parat, das Wasser im Kessel kochte schon fast. Agnes hatte den Tisch gedeckt, Toastbrot, Marmelade, Honig, Butter aufgestellt. Sie hatte die englische Sitte des Nachmittagstees in all den Jahren in der Schweiz beibehalten.

»Ich mag nichts …«, begann Valerie, die am liebsten gleich in ihre kleine Ferienwohnung hinaufgegangen wäre.

»Doch, du musst«, bestimmte Agnes. »Sicher hast du bis jetzt noch nichts gegessen.«

Das stimmte. Sandwich und Schokoriegel lagen unangetastet in Valeries kleinem Rucksack.

»Eine Tasse Tee«, sagte Agnes schmeichelnd, »ein kleines Marmeladenbrot.«

Valerie mochte eigentlich Schwarztee nicht besonders. Aber Agnes' Fürsorglichkeit siegte. Valerie nickte und setzte sich mit Melchior und Agnes zu Tisch.

»Morgen werden wir die Todesursache kennen«,

sagte Melchior. »Ich gehe nachher noch ins Büro, um den Rucksack zu untersuchen und die Angehörigen des Mannes zu benachrichtigen. Er trägt bestimmt einen Ausweis bei sich.«

Wie oft hatte Valerie Beat in solchen Situationen erlebt. Meist war klar gewesen, dass es sich um ein Tötungsdelikt handelte. Aber ab und zu war er auch zu einem Todesfall gerufen worden, bei dem die Todesursache unklar war. Manchmal hatte sich dann herausgestellt, dass es ein natürlicher Tod gewesen war. Würde sie das wieder erleben mit ihm? Oft genug hatte es sie geärgert und enttäuscht, wenn ihr Mann an einem freien Tag, den sie gemeinsam verbrachten – verbringen wollten –, zu einem Todesfall gerufen worden war. Jetzt hätte sie alles darum gegeben, wenn sie jenen Alltag zurückbekommen hätte. Mit allem wäre sie einverstanden gewesen, auch mit seiner Verschlossenheit, wenn er über einem Fall brütete, mit dem verhassten Telefon, das immer im dümmsten Moment klingelte und ihn von ihr fortnahm. Aber er war ja jeweils ein paar Stunden später wieder bei ihr gewesen. Jetzt dagegen – sie nahm einen Schluck Tee und zwang sich, mit ihrem fruchtlosen Grübeln aufzuhören, den Schmerz für den Moment wegzuschieben. Als Zwicky sich verabschiedete, ging Valerie hinauf, allerdings erst, nachdem ihr Agnes das Versprechen abgenommen hatte, abends zum Essen wieder herunterzukommen.

»Es ist genug, wenn du drei Stunden – wie sagt man? – Trübsal bläst.« Agnes hatte ja recht. Aber was war mit ihrer eigenen Trübsal?, ging es Valerie flüchtig durch den Kopf.

Oben, in dem kleinen altmodisch eingerichteten Wohnzimmer, kamen die quälenden Gedanken wieder. Ich werde es Beat nicht erzählen, dachte sie, es würde ihn belasten, wenn er das Gefühl hätte, mir helfen zu müssen. Aber es war nicht nur das. Sie fühlte sich auch von ihm im Stich gelassen. Zum ersten Mal empfand sie sein Verhalten, seinen Rückzug als egoistisch – zumindest egozentrisch, korrigierte sie sich sogleich –, er war ausschließlich mit sich selbst beschäftigt, reagierte oft abweisend auf sie. Er dachte wohl gar nicht daran, dass er sie damit verletzte. Zorn auf Beat wollte in ihr hochkommen, aber sie schob ihn weg. Sie war ungerecht, sie wusste es.

Ihre Gedanken wanderten zu dem toten Mann: Wer war er? Woher war er gekommen? Warum machte er an einem kühlen Novembertag eine Wanderung im Tierfehd? Warum, woran war er gestorben? Sie würde es wohl erfahren. Gewiss würde es übermorgen eine Zeitungsmeldung geben, vielleicht sogar einen längeren Artikel, denn ein solches Ereignis kam hier nicht oft vor. Sie nahm sich vor, rasch damit abzuschließen und die Tage, die ihr hier noch blieben, dafür zu nutzen, wieder Boden unter die Füße zu bekommen. Vielleicht könnte sie nochmals mit dem Rad den Klausenpass rauffahren und noch ein paarmal mit Agnes und Melchior friedlich zusammensitzen. Fertig mit dem Hadern! Valerie erhob sich aus dem bequemen Großvatersessel, ging duschen und zog sich um. Bald würde Agnes klopfen, weil das Abendessen bereit war. Sie hatte Melchior schon heimkommen gehört. Sie nahm sich vor, nicht zu fragen, was die Untersuchung des Rucksacks ergeben hatte. Er würde es ihr ja auch nicht verraten dürfen.

2 STERNHAGELVOLL

Melchior Zwicky hielt die Identitätskarte des Toten in der Hand. Es war Montagmorgen. Sein Name war Matthias Freytag, er war zweiundfünfzig Jahre alt, 1,77 groß. Ausgestellt war die ID in Niederurnen. Der Mann lebte also in der Gegend. Ein Blick ins Telefonverzeichnis zeigte Zwicky, dass der Mann in Ziegelbrücke gewohnt hatte, einem seltsamen winzigen Ort gleich neben Niederurnen. Ziegelbrücke gehörte zu den Kantonen Glarus und St. Gallen, die Kantonsgrenze verlief mitten hindurch. Im selben Haus wie Matthias Freytag wohnte ein André Freytag. Ein Verwandter? Freytag war kein allzu verbreiteter Name. Es mussten Angehörige aufgetrieben werden, benachrichtigt werden vom Tod ihres – Mannes, Bruders, Vaters, Sohnes?

Der Rucksack enthielt Dinge, die man üblicherweise auf einer Wanderung dabei hat: eine dünne Regenjacke, ein Sackmesser, Taschentücher, Portemonnaie, ein Bahnbillett Ziegelbrücke – Linthal retour, ein altmodisches Handy und ein bisschen Proviant: eine Flasche Wasser, ein Sandwich, einen Apfel, eine halbe

Tafel Schokolade. Die beiden Streifenpolizisten, die am Sonntag vor Ort gewesen waren und sich genauer umgeschaut hatten, hatten eine leere Schnapsflasche zurückgebracht. Sie hatte vielleicht nichts mit dem Toten zu tun, wurde aber auf Fingerabdrücke untersucht. Am Sonntagnachmittag hatte Zwicky unter der Telefonnummer von André Freytag niemanden erreicht. Nun wollte er zunächst die ersten Ergebnisse der Rechtsmedizin abwarten, bevor er auf die Suche nach der Familie des Toten ging. Dann würde er auch eine kurze Medienmitteilung herausgeben.

Das Telefon klingelte, Valerie, die sich in den altmodisch bequemen Sessel gekuschelt und aus dem Fenster gestarrt hatte, griff danach. Es war Beat. Einen Augenblick lang war sie unsicher, ob sie den Anruf entgegennehmen sollte. Ihre Gedanken waren die meiste Zeit bei dem Mann, der gestorben war, ganz allein, in dieser Einöde, in der Kälte einer Spätherbstnacht. Davon wollte sie Beat nichts sagen. Sie meldete sich. Oh ja danke, es ging ihr gut, gestern hatte sie eine kleine Wanderung gemacht, doch, ein bisschen Sonne hatte es gehabt. Und abends mit Melch und Agnes gegessen, Lammeintopf, etwas Englisches. Und er, wie ging es ihm? Wie war das Wetter? Sie spürte, dass sie nervös war, zu eifrig Belanglosigkeiten von sich gab. Er schwieg.

Dann fragte er: »Was ist los mit dir, Mädchen? Ist etwas geschehen?«

Sie erschrak. »Nein, nein«, stotterte sie, »alles in Ordnung. Es ist sehr nett hier. Ich bleibe noch eine Woche.«

»Weich mir nicht aus. Du klingst verändert.«

Valeries Herz klopfte. Nicht nur, weil sie jetzt ins Dilemma kam zwischen ihrem Vorsatz, die Geschichte mit dem Toten nicht preiszugeben, und seinen Fragen. Mehr noch durchzuckte sie ein Schreck, gemischt mit unsicherer Freude: Er merkte, wie es ihr ging. Interessierte er sich wieder für sie? Ging es ihm besser? Dann war eine endlose Sekunde nur noch Heimweh nach ihm da.

Sie seufzte, hatte sich bereits ergeben. Erzählte ihm, wie sie den Mann gefunden hatte. Dass er Jacke und Pullover ausgezogen und weggeschleudert hatte.

»Ist er erfroren?«, fragte Streiff sofort.

»Keine Ahnung. Er ist gestern in die Rechtsmedizin gebracht worden. Vielleicht hatte er einen Herzinfarkt. Oder eine andere Krankheit. Warum meinst du?«

»Vielen Menschen, die kurz vor dem Erfrieren sind, wird plötzlich heiß, weil die Blutgefäße sich erweitern. Zum Beispiel haben Bergsteiger, die am Mount Everest sterben, häufig ihre Daunenjacken nicht mehr an.«

»Merkwürdig. Ich dachte, dass Erfrieren ein qualvoller Tod ist, weil einem immer kälter und kälter wird. Aber wenn man plötzlich warm hat, ist es vielleicht doch ein friedliches Sterben.«

Noch bevor Beat antwortete, spürte Valerie, dass

er sich bereits wieder innerlich von ihr zurückgezogen hatte.

»Wer weiß«, versetzte er kurz angebunden. »Ich muss jetzt aufhören. Das Hirn wird geschlossen.«

»Ja sicher«, rief sie. »Entschuldige, wenn ich dich belastet habe, ich wollte nicht …« Noch ganz viel hätte sie sagen wollen. »Alles Liebe«, murmelte sie.

»Dir auch.« Damit hatte er aufgelegt.

Sie zitterte. So abrupt endeten meist die Telefongespräche mit ihm. Jedes Mal zu früh für sie. Jedes Mal eine kleine Enttäuschung. »Das Hirn wird geschlossen.« Das bedeutete, dass er seine Gedanken nicht mehr zusammenkriegte, sich nicht mehr konzentrieren konnte, dass das Hirn eine Stunde Ruhe brauchte, bevor es wieder arbeiten konnte. Aber heute – er hatte Interesse gezeigt an der Geschichte. Und an ihr. Ein paar Minuten lang.

Melchior Zwicky und Martin Stucki, der Rechtsmediziner, trafen sich am späten Vormittag in Stuckis Büro. Zwicky fühlte sich hier nie recht wohl. Es war viel moderner als sein eigenes. An den Wänden hing moderne Kunst, abstrakte Bilder, mit denen Zwicky nichts anfangen konnte. In seinem Büro hingen Vergrößerungen von Fotos, die auf Klettertouren geschossen worden waren, mit kleinen Menschengestalten, die an senkrechten Felswänden hingen. Zwicky ging gelegentlich, wenn Agnes am Wochenende Dienst hatte, mit einem Kollegen klettern. Auf den Tödi, den Glärnisch, auch die Tour auf den Selbsanft hatte er schon gemacht. Mit Agnes ging er nur auf Wanderungen, denn sie war ängstlich und nicht schwindelfrei.

»Der Mann ist erfroren«, teilte Stucki mit. Der Rechtsmediziner war Ende vierzig, groß, hager, hatte eine Glatze und trug eine markante runde Brille. Er wirkte elegant, sogar im weißen Arztkittel. Elegant und sehr selbstsicher.

»Das habe ich mir gedacht«, erwiderte Zwicky. »Aber warum? Was hinderte ihn daran, ins Dorf zurückzukehren oder zumindest Hilfe in einem der Bauernhäuser in der weiteren Umgebung zu suchen – oder wenigstens die Notrufnummer zu wählen? Ein Telefon hatte er ja dabei. Ist er wegen einer Krankheit zusammengebrochen?«

Stucki schüttelte den Kopf. »Der Mann war gesund und wies keine Verletzungen auf. Vielleicht war er nicht extrem fit, er hatte etwas Übergewicht. Aber eine Wanderung hatte ihn sicher nicht überfordert.«

Zwicky runzelte die Stirn. Martin Stucki war ein fähiger Rechtsmediziner, durchaus kooperativ. Aber er machte es gern etwas spannend. Er fühlte sich nicht als Handlanger der Polizei, sondern als einer, der die wirklich wichtigen Erkenntnisse gewann und die Großzügigkeit hatte, sie weiterzugeben. Die Choreografie des Informationsprozesses entwarf er. Zwicky, der es gern etwas zügiger gehabt hätte, wartete ergeben.

»Der Mann war nicht krank«, wiederholte Stucki, »aber – vollkommen blau. Sturzbetrunken, auf Deutsch gesagt.«

»Ach«, reagierte der Polizist verblüfft. »Gehen Alkoholiker am Wochenende auf Wanderungen?« Aber das erklärte vielleicht die leere Schnapsflasche.

»Der Zustand seiner Leber weist nicht auf Alkoholismus hin«, präzisierte der Arzt. »Die Fingerabdrücke auf der Schnapsflasche stammen jedoch in der Tat vom Toten. Außer einem halben Abdruck, den ich nicht zuordnen konnte.«

Na gut. Der Mann, der nicht Alkoholiker war, ging, bewaffnet mit einer vermutlich vollen Schnapsflasche, auf eine Wanderung und soff sich quasi ins Koma. Seltsam, Komatrinker waren meist dreißig Jahre jünger als Freytag und schütteten den Alk bei irgendwelchen Partys in sich hinein. Jedenfalls, sagte sich Zwicky beruhigt, war es ein Unfalltod. Traurig, vielleicht tragisch, aber kein Delikt.

Stucki räusperte sich. Aha, er war noch nicht fertig. Zwicky hob den Blick.

»Der Tote« dozierte der Arzt, »war überdies komplett zugedröhnt, denn er hatte auch eine größere Menge eines starken Schlafmittels im Blut. Rohypnol, genau gesagt.«

»Rohypnol?« Zwicky kannte das Mittel aus seiner Zürcher Zeit. Drogenabhängige hatten es auf der Gasse gekauft, um die Entzugsschmerzen zu lindern.

»Es wird«, fuhr Stucki fort, »heute kaum mehr als Schlafmittel verschrieben, bloß noch im Spital zur Einleitung einer Narkose eingesetzt. Aber es gibt natürlich einen Schwarzmarkt dafür, Bezugsquellen im Internet.«

Hm. Hatte also dieser ältere unauffällig aussehende Mann sich Drogen zusammengekauft, um sie am hintersten Ende des Tals zu konsumieren. Weshalb? Und er hatte sich und die Lage falsch eingeschätzt. Statt mit einem Kater aufzuwachen, war er gestorben. Oder – hatte er es darauf angelegt? Hatte er sich umgebracht? Es wäre eine langsame schmerzfreie Methode: zuerst sich mit Alkohol benebeln, dann einschlafen und letztlich erfrieren, ohne es zu spüren.

Zwicky redete nicht gern um den heißen Brei herum. »Unfall oder Suizid? Was erscheint Ihnen wahrscheinlicher?«

»Ich kann mich nicht festlegen«, grenzte sich Stucki ab. »Das lässt sich nicht aus dem Zustand des Körpers herauslesen. Das herauszufinden ist wohl Ihre Sache.« Das klang ein bisschen gönnerhaft.

Zwicky blieb es erspart, irgendwelche Freytags durchzutelefonieren und sich vorsichtig zu erkundigen, ob ein Matthias Freytag zu ihnen gehörte. Am Montagnachmittag flatterte ihm eine Vermisstenanzeige aufs Pult. André Freytag aus Ziegelbrücke meldete seinen Bruder Matthias als vermisst. Zwicky fuhr hin. Eine Viertelstunde von Glarus aus. Ziegelbrücke, ein Ort, den es quasi gar nicht gab. Er bestand einzig aus einem Eisenbahnknotenpunkt, ein paar Häusern und vor allem aus dem sogenannten Jenni-Areal, im 19. Jahrhundert eine größere Spinnerei und Zwirnerei, ein Ensemble aus mehreren Gebäuden, das unter Ortsbildschutz stand. Heute waren verschiedene Betriebe eingemietet, darunter auch ein internationaler Konzern. Ein lang gezogenes vierstöckiges Gebäude, früher eine Mietskaserne für die Fabrikarbeiter, war behutsam modernisiert worden und nannte sich »Altes Kosthaus«. Dort wohnte im Erdgeschoss André Freytag mit seiner Familie, dort hatte er auch sein Atelier. Er war Grafiker. Sein Bruder hatte im selben Haus gelebt, in einer der Dachwohnungen. André war einige Jahre jünger als Matthias, etwas schlanker, hatte volleres Haar, sah ihm aber im Gesicht ähnlich. Melchior Zwicky lag es immer auf dem Magen, wenn er Angehörigen eine Todesnachricht überbringen musste, auch jetzt noch, obwohl er es schon öfter hatte tun müssen und reagieren konnte auf Schock, Verzweiflung, Zorn der Betroffenen.

André Freytag empfing ihn in seinem Atelier. Auf dem riesigen weißen Arbeitstisch standen zwei Computer. Stapel von Zeitschriften und anderen Papieren lagen herum. Sie setzten sich an den Besprechungstisch. *Nussbaumholz* registrierte Zwicky, der einen ähnlichen Esstisch besaß. André Freytag bot Kaffee an. Er wirkte nervös. Schluckte, als Zwicky es ihm sagte.

»Ich hatte schon angenommen, dass Sie schlechte Neuigkeiten haben, als Sie Ihr Kommen angekündigt haben«, sagte er. »Gehofft habe ich trotzdem, Matthias sei vielleicht nur verletzt. Ich hatte meinen Bruder gern.«

Zwicky legte ihm die Todesumstände von Matthias Freytag dar. »Hat Ihr Bruder oft zu viel getrunken? Nahm er gewohnheitsmäßig Schlafmittel oder andere Medikamente?«

André schien überrascht und ratlos. »So kenne ich Matthias nicht. Er hat nie viel Alkohol getrunken. Mal ein Bier nach Feierabend. Ein, zwei Gläser Wein zum Essen. Schnaps eigentlich gar keinen. Das macht für mich keinen Sinn. – Ist der Tote wirklich mein Bruder Matthias?«

»Sie werden ihn natürlich noch identifizieren müssen«, erklärte Zwicky. »Aber wir denken schon, dass er es ist. Das Foto auf der ID stimmt mit dem Gesicht des Toten überein.«

Er hielt André Freytag ein Foto hin.

»Ja, das ist Matthias«, murmelte er, »obwohl er sich selbst eigentlich gar nicht mehr ähnlich sieht. Die Toten sehen nicht so aus, wie sie als Lebende ausgesehen haben. Trotzdem, seine Trunkenheit und die Schlafmittelvergiftung – das ist mir ein Rätsel.«

»Hat er Ihnen erzählt, dass er vorhatte, am Samstag ins Tierfehd zu gehen?«

»Ich weiß es nicht mehr genau. Jedenfalls sagte er, er würde nach Glarus fahren, zu Helens Grab. Ich fragte nicht weiter.«

»Von einer Verabredung hat er nichts erwähnt?«

»Nein.«

»Erzählen Sie mir von Ihrem Bruder«, bat Zwicky.

Matthias Freytag war von Beruf Bibliothekar gewesen, seit zehn Jahren verwitwet. Ein Einzelgänger, etwas eigenbrötlerisch, aber durchaus ein netter Mensch. Seine Arbeitskollegen schätzten ihn, aber er hatte kaum Freunde. Deshalb war er vor acht Jahren auch nach Ziegelbrücke gekommen, wo sein Bruder mit Familie lebte. Zwei Jahre nach dem Tod seiner Frau Helen. Er hatte im gleichen Haus, in dem André mit seiner Frau und den beiden Töchtern wohnte, eine kleine Wohnung im Dachgeschoss gefunden.

»Wo hat er vorher gewohnt?, wollte der Polizist wissen.

»In Glarus. Mit Helen hatte er an die zehn Jahre dort gelebt. Sie war eine Glarnerin. Er arbeitete in der Landesbibliothek des Kantons Glarus und sie als Kindergärtnerin. Kinder hatten sie keine, waren aber ganz zufrieden so. Helens Tod traf ihn schwer. Sie war die einzige Frau gewesen, mit der er je eine nahe Beziehung gehabt hatte. Er hielt es nicht mehr aus an dem Ort, wo ihn alles an sie erinnerte. Deshalb kam er hierher. Er betreute das Firmenarchiv und den Dokumentationsdienst des Ablegers eines internationalen Unternehmens.«

»Hatte er wieder eine Freundin?«

»Nein. Ich vermute, er hat Helens Tod bis heute nicht ganz verwunden.«

»Neigte er zu Depressionen? Könnte es sein, dass er nicht mehr leben wollte, dass er sich das Leben genommen hat?«

»Ich glaube nicht. Er war ein in sich gekehrter Mensch, der sein Herz nicht öffnete, aber Lebensüberdruss habe ich an ihm nicht wahrgenommen. Er hat sich für vieles interessiert. Vor allem für Sprachen. Sein Hobby war es, Sprachen zu lernen. Er konnte ungefähr ein Dutzend Fremdsprachen. Vor wenigen Monaten hat er mit Türkisch angefangen. Wäre er depressiv gewesen, hätte er die Energie dafür wahrscheinlich nicht aufgebracht.«

Zwicky stimmte ihm zu. »Ich frage mich, warum er ins Tierfehd gegangen ist. Falls er Heimweh gehabt hätte, gäbe es doch schönere Orte, Braunwald zum Beispiel.«

»Tierfehd? Stimmt, er hat ein paar Mal diese Wanderung gemacht. Auch mit Helen. Die Abgeschiedenheit gefiel ihm. Man stößt dort garantiert nicht auf Touristen. Ja, er empfand das Tierfehd als friedlichen Ort.«

»Hat er noch Bekannte im Glarnerland?«

»Dass er noch Kontakte zu Glarner Bekannten hat, glaube ich nicht. Er erwähnte nie etwas davon.«

»Es muss Gründe geben, warum er an diesen Ort kam«, hakte Zwicky nach. »Die Erinnerung an seine Frau mag einer sein. Aber vielleicht gibt es noch einen anderen, einen aktuellen Anlass. Kennen Sie Glarner Bekannte von ihm?«

»Nein. Wie gesagt, seine Frau und er lebten zurückgezogen. Er hatte natürlich Arbeitskollegen, sie hatte Bekannte aus der Schulzeit und kannte die Eltern ihrer Kindergartenschüler. Aber Freunde? – Doch, ich erinnere mich an den Namen einer Nachbarin. Schuler, Frau Schuler. Die wohnte im Haus nebenan, und sie hatten ein wenig Kontakt. Ich glaube, eine Zeit lang nahm sie bei ihm Stunden in Swahili. – Mehr kommt mir nicht in den Sinn.«

»Swahili?«

»Ja, das ist eine der Sprachen, die mein Bruder gelernt hatte. Die Frau wollte Swahili lernen im Zusammenhang mit einem Hilfsprojekt, für das sie sich engagierte.«

Zwicky bat Freytag um den Namen des Hausarztes seines Bruders, bevor er sich verabschiedete. Es war mittlerweile früher Abend, und der Arzt, ein Doktor Vetsch, hatte erst am nächsten Tag Zeit.

Also fuhr Zwicky am nächsten Morgen wieder nach Ziegelbrücke. Am Morgen hatte die Meldung in der Zeitung gestanden, dass ein Mann im Tierfehd tot aufgefunden worden war. Irgendwoher hatte der Journalist den Namen des Toten. Er schrieb von einem »Matthias F.« Agnes hatte es beim Frühstück gelesen und war zusammengefahren. Fast wäre ihr die Teetasse aus der Hand gerutscht.

»Wer ist das?«, hatte sie alarmiert gefragt. »Es ist nicht etwa ... Matthias Freytag? Hieß der Mann Matthias Freytag?«

»Ja«, antwortete Melchior verdutzt. »Wie kommst du darauf? Kanntest du ihn?«

»Ich ... nein ... ja ...«, sie verhedderte sich, ihr englischer Akzent wurde stärker wie immer, wenn sie durcheinander war. »Da war doch diese Frau, die im Kantonsspital starb, als ich ganz neu dort arbeitete. Seine Frau, die von Matthias Freytag. Er war so terribly sad, that man. Er hat mir so leid getan. Ich konnte es nie vergessen. Und jetzt ist er auch tot?« Tränen standen in ihren Augen. Sie schob den Teller mit dem Marmeladenbrot von sich weg.

Melchior wusste, dass seine Freundin nahe am Wasser gebaut hatte. Er strich ihr übers Haar, bis sie ruhiger wurde. Aber heimlich verwunderte ihn diese heftige Reaktion doch. Auch wenn sie der Fall als junge Krankenschwester damals sehr berührt hatte – es war doch immerhin zehn Jahre her, und ein naher Bekannter war Freytag nicht gewesen.

»Weißt du«, fuhr Agnes jetzt auf, »es ist genau, fast genau zehn Jahre her, seit seine Frau, seit Helen Freytag starb. Es war ja, vor drei Tagen, am 25. November.« Sie sprang vom Frühstückstisch auf. »Ich muss zur Arbeit, ich darf nicht daran denken.« Sie verschwand im Badezimmer.

Melchior musste gleichfalls aufbrechen. »Nimm es nicht so schwer«, rief er durch die geschlossene Badezimmertür. »Wir reden abends darüber, ja?«

»Ja«, kam es gepresst zurück. Melchior nahm sich vor, in ihrer Mittagspause mal anzurufen. Was war nur los mit Agnes? Schon eine Weile war sie irgendwie verändert. Gefiel es ihr nicht mehr in der Schweiz?

Vor der Abfahrt telefonierte er kurz mit der Einwohnerkontrolle. Helen Freytag war tatsächlich vor genau zehn Jahren gestorben. Warum wusste Agnes das Datum noch?, fragte er sich. Eine Viertelstunde später kam er in der Praxis von Doktor Vetsch an. Harald Vetsch war ein junger deutscher Arzt, der die Praxis vor fünf Jahren vom alten Doktor Kundert günstig übernommen hatte. Nicht viele junge Ärzte rissen sich darum, Hausarzt in einem ländlichen Gebiet zu werden. Vetsch war ein ernsthafter Mann, ein Arzt, der sich Zeit nahm für seine Patienten. Das Sprechzimmer, stellte Zwicky fest, hatte er offenbar nicht neu eingerichtet. Geräte und Mobiliar waren sicher noch von Doktor Kundert. Vetsch, der Zwickys Blick bemerkt hatte, lächelte:

»Einerseits fehlte mir natürlich das Geld, um eine topmoderne Praxis einzurichten, anderseits dachte ich, dass sich die Patienten weniger unbehaglich fühlen würden, wenn wenigstens der Raum noch vertraut ist, wenn schon ein fremder Arzt ihnen gegenübersitzt.«

Einzig das Wartezimmer hatte Vetsch umgestaltet. Die alten unbequemen Sitzgelegenheiten hatte er rausgeschmissen und stattdessen kunstlederbezogene leicht gepolsterte Stühle hineingestellt, jeder in einer anderen Farbe: lindgrün, eisblau, zartgelb, ziegelrot, lila, caramelbeige.

Ja, Matthias Freytag sei sein Patient gewesen, wie auch die ganze Familie von André Freytag sich von ihm behandeln ließ. Besonders häufig habe er Matthias Freytag nicht gesehen.

»Er war soweit bei guter Gesundheit. Beginnende Arthrose im Kniegelenk. Habe ihm zu viel Bewegung geraten. Spaziergänge, Wanderungen. Das wäre auch für sein Gewicht gut gewesen.«

Zwicky fragte ihn nach Medikamenten, nach Schlafmitteln.

»Er hat nie über Schlaflosigkeit geklagt, ich habe ihm daher auch nie etwas verschrieben.«

»Hatte er eine Neigung zu Depressionen?«

»Nicht, dass ich wüsste. Er machte keinen depressiven Eindruck. Er war ein zurückhaltender Mensch, kein froher Springinsfeld, trug sein Herz nicht auf der Zunge, war aber durchaus ausgeglichen, freundlich. Ich hätte ihn nicht als suizidgefährdet eingestuft.«

Zwicky beschrieb dem Arzt die Umstände von Freytags Tod.

Der Arzt wunderte sich ebenso darüber wie Matthias' Bruder. »Mir wäre es völlig neu, dass er zu Drogenexzessen, zu Drogenkonsum überhaupt neigte. Das passt nicht zu seiner Persönlichkeit, wie ich ihn kannte. Aber man weiß natürlich nicht, was in einem verschlossenen Menschen vorgeht.«

»Offenbar war am Samstag der zehnte Todestag seiner Frau«, warf Zwicky ein.

»Sie glauben, das könnte ein Anlass für eine Verzweiflungstat gewesen sein? Ich bezweifle es. Freytag war nicht impulsiv, sondern bedächtig. Aber eben – man kann nicht in einen Menschen hineinsehen.«

Auf der Heimfahrt ließ sich Zwicky durch den Kopf gehen, was er in den letzten beiden Tagen über Matthias Freytag erfahren hatte. Alles, was die Menschen, die ihn kannten, von ihm erzählt hatten, widersprach völlig dem, was sich von seinem letzten Tag, von seinem Sterben rekonstruieren ließ. War es etwa kein Unfall gewesen? Kein Suizid? War Matthias Freytag ermordet worden? Er ließ sich diesen Gedanken durch den Kopf gehen. Aber er bot keine Lösung, nur Fragen tauchten auf: aus welchem Grund? Von wem? Hatte er Feinde? Weshalb im Tierfehd? War der Mörder ihm gefolgt? War er mit jemandem verabredet gewesen? Oder sind diese Ideen Hirngespinste?, fragte sich Zwicky. Jedenfalls würde er diesem Todesfall weiter nachgehen. Ein Tötungsdelikt war nicht ausgeschlossen, war, bei Lichte betrachtet, genauso wahrscheinlich oder unwahrscheinlich wie ein Unfall oder ein Selbstmord.

In dem Moment hätte er viel darum gegeben, wieder mit Streiff zusammenzuarbeiten. Der war erfahren, wusste viel, konnte scharf denken, die richtigen Fragen stellen, Schlüsse ziehen und lag damit oft richtig. Aber das war wohl vorbei. Zwicky bedauerte es, wie ihm auch Valerie leid tat, die ihren Mann natürlich noch viel mehr vermisste als er seinen ehemaligen Chef.

Morgen würde er mit jener Nachbarin, Frau Schuler, reden. Vielleicht wusste sie etwas aus der Zeit der Freytags in Glarus, wusste von weiteren Bekannten, hatte möglicherweise bis heute ab und zu Kontakt mit ihm gehabt.

Ein Detail kam ihm in den Sinn, das André Freytag erwähnt hatte und bei dem er nicht nachgehakt hatte. Helen Freytag war eine Einheimische gewesen. Also lebte vielleicht ihre Familie noch in Glarus, und möglicherweise hatte Matthias Freytag mit Verwandten seiner Frau Kontakt gehabt.

In Glarus angekommen, eilte er ins Büro, legte seine Notizen ab, suchte die Adresse dieser Frau Schuler und rief André Freytag an.

»Helens Familie?« André überlegte. »Das ist so lange her. Ich glaube, ihre Eltern sind früh gestorben. Helen hatte eine Schwester, Barbara. Aber Matthias hatte bestimmt keinen Kontakt zu ihr.«

»Warum nicht?«

»Barbara lehnte ihn ab. Sie hatte mit ihrer älteren Schwester zusammengelebt, die ihre Vertraute und Stütze war. Und dann kam ein Mann daher und nahm sie ihr weg. Das hat sie Helen wie Matthias sehr übel genommen. Sie war eifersüchtig. Sie warf ihm sogar vor, er sei schuld an Helens Tod. Er habe sie zu spät ins Spital gebracht. Sie starb ja an einem geplatzten Blinddarm.«

»Wo kann ich die Frau erreichen?«

»Keine Ahnung. Sie heißt – oder hieß vor zehn Jahren – Barbara Amsler. Wohnte in Schwanden, wenn ich mich recht erinnere, und arbeitete in einer Apotheke.«

So so, in einer Apotheke. Mit Zugang zu allen möglichen Medikamenten, dachte Zwicky. Eine Frau, die ihre Schwester sehr liebte. Sie brauchte. Die ihren Tod vielleicht auch noch nicht verwunden hatte. Auch ihr war zweifellos bewusst, dass sich Helens Tod zum zehnten Mal jährte. Also gab es doch zumindest eine Person, die Matthias Freytag, dem unauffälligen, netten Matthias Freytag feindlich gesonnen war. Er würde sie morgen aufsuchen, nach dem Besuch bei dieser Nachbarin Frau Schuler, die Ärztin im Kantonsspital Glarus war. Wusste Doro Schuler vielleicht etwas über Helen Freytags Tod? Hatte Matthias Freytags Sterben etwas mit dem Tod seiner Frau zu tun?

Auf dem Heimweg kam ihm Agnes wieder in den Sinn. Er hatte sie über Mittag nicht erreicht. Bald würde sie von der Arbeit heimkommen. Er hoffte, dass sie sich beruhigt hatte. Er wollte sie heute Abend fragen, wenn Valerie weg war, ob ein heimlicher Kummer sie quälte, warum sie nicht mehr glücklich war.

Das Abendessen verlief schweigsam. Melchior war in seinen Gedanken teilweise bei Agnes, teilweise bei seinem Fall. Agnes gab sich Mühe, heiter zu erscheinen, aber sie kriegte es nicht überzeugend hin, verstummte immer wieder. Valerie ihrerseits sagte nicht viel, auch sie wirkte nachdenklich. Einige Male schaute sie Melch an, als ob sie etwas sagen wollte, blieb dann aber still. Sie verabschiedete sich rasch nach dem Essen.

»Trinken wir ein Glas Wein zusammen?«, schlug Melchior vor.

»Nein«, wehrte Agnes ab, »ich habe Kopfschmerzen.«

»Magst du lieber einen Tee?«

Sie schüttelte den Kopf. »Ich bin bloß müde. Ich will mich hinlegen.«

»Agnes, es stimmt doch etwas nicht mit dir. Schon seit einigen Wochen. Willst du es mir nicht sagen?«, drängte Melch.

Einen Augenblick sah sie aus, als würde sie gleich in Tränen ausbrechen. Aber dann fing sie sich. »Nein, bestimmt, es ist nichts, ich brauche jetzt einfach Ruhe.«

3 VERSCHWÖRUNG

Melchior ließ sie gehen. Er zog nochmals seine Schuhe an und schlüpfte in seine Jacke. Ein bisschen frische Luft und zielloses Gehen würden ihm helfen, seine Gedanken zu ordnen. Als er bei der Haustür war, kam Valerie die Treppe hinunter, ebenfalls in Turnschuhen und Jacke.

»Machst du auch noch einen Spaziergang?«

»Ja. Willst du allein sein, oder gehen wir zusammen?«

Sie machten sich zu zweit auf den Weg.

»Stadt oder Land?«, fragte Melchior.

»Stadt«, schlug Valerie vor.

Also gingen sie die Sandstraße hinauf, bogen in die kurze Gerichtshausstraße ein und dann in die Burgstraße Richtung Bahnhof. Es war schon dunkel, die Temperatur war gesunken, aber es war windstill und ruhig. Nur wenige Autos waren unterwegs, kaum Leute auf der Straße. Nur ab und zu kam ihnen ein Passant entgegen. Melchior grüßte alle, er kannte ganz Glarus.

»Agnes wollte nicht mitkommen?«, fragte Valerie vorsichtig.

»Nein, sie sagte, sie sei sehr müde.« Schweigen. Dann holte Melchior tief Luft. »Ich weiß nicht, was mit ihr los ist. Mir scheint, es geht ihr nicht gut, aber sie will nichts sagen. Wie kommt sie denn dir vor?«

»Ich habe auch den Eindruck, dass etwas sie bedrückt. Erzählt hat sie nichts, und ich habe auch nicht gefragt. Ich bin wohl etwas zu sehr auf mich und meinen Kummer konzentriert. Seit wann ist sie denn verändert?«

»Seit einigen Wochen. Sie spricht weniger, manchmal starrt sie vor sich hin, ist ganz abwesend, als ob irgendeine belastende Sache sie voll und ganz in Beschlag nähme. Wenn ich sie frage, wehrt sie ab. Ich frage mich, ob sie mit mir nicht mehr glücklich ist.«

»Diesen Eindruck habe ich nicht«, versuchte Valerie, ihn zu beruhigen. »Ab und zu, wenn du nicht zu ihr hinsiehst, schaut sie dich mit einem Hilfe suchenden Blick an. Ich glaube, sie wünscht sich, sich dir anvertrauen zu können, aber irgendetwas hindert sie daran.«

»Was soll ich tun?

»Abwarten. Geduldig sein, sie nehmen, wie sie ist. Es ist wohl eine Frage der Zeit, bis sie sich auftut.«

Eine Weile gingen sie schweigend nebeneinander her. Sie schlenderten vorbei an langen Häuserreihen mit älteren, schmalen dreistöckigen Häusern mit Vorgärtchen. In so einem waren auch Melchior und Agnes zu Hause. Beim Bahnhof durchquerten sie den kleinen Park. Auch auf der Hauptstraße herrschte wenig Verkehr. Es ist wirklich beschaulich und friedlich verglichen mit Zürich, dachte Valerie. Dann wechselte sie das Thema.

»Kommst du voran mit den Ermittlungen?«, erkundigte sie sich.

»Ermittlungen? Noch ist nicht gesagt, dass es Ermittlungen braucht«, wehrte Melchior ab. »Ich bin immer noch daran, die Todesursache festzustellen. Im Moment scheint alles möglich: Unfall, Suizid, Mord.« Einen Moment überlegte er, was er ihr sagen durfte. Dann fuhr er fort: »Ich habe heute mit ein paar Leuten aus dem Umfeld des Toten gesprochen und einiges über ihn erfahren. Es war ganz interessant, wenn auch etwas verwirrend. Morgen treffe ich mich noch mit zwei weiteren Personen.«

»Du glaubst, dass es ein Tötungsdelikt war«, behauptete Valerie. »Sonst würdest du dich nicht so ins Zeug legen.«

»Aber halt«, protestierte Melchior, »ich lege mich immer ins Zeug. Das habe ich unter anderem von Streiff gelernt.«

Sie lächelte. »Allerdings. Das konnte man von ihm lernen. Er hat sich immer hundertprozentig reingekniet.«

Sie klang ganz zufrieden, deshalb wagte Melchior sich vor: »Wie geht es ihm überhaupt?«

»Ich habe ihm gestern vom Leichenfund erzählt. Und er hat sich dafür interessiert. Er interessiert sich wieder für etwas, was außerhalb seines persönlichen Befindens liegt.«

»Er wirft einen Blick aus dem Schneckenhaus?«

»Ja, ich hatte wirklich diesen Eindruck. Nun hoffe ich natürlich, ihn weiter herauslocken zu können.«

»Ich habe heute auch an ihn gedacht«, sagte Melchior. »Als ich von Ziegelbrücke nach Glarus fuhr, den Kopf voll mit aufschlussreichen Informationen, die aber die ganze Situation so widersprüchlich machen, erinnerte ich mich daran, wie wir uns jeweils ausgetauscht haben, wenn wir an einem Fall arbeiteten. Wir diskutierten Thesen, prüften sie, verwarfen sie, hatten Ideen, denen wir nachgingen. Zu zweit kommt man einfach weiter als allein. Oder es geht zumindest schneller. Er war mir an Wissen und Erfahrung natürlich voraus. Das könnte ich jetzt gut brauchen.«

Sie schwiegen eine Weile. Sie waren nun auf der Hauptstraße und schlenderten zurück in Richtung Sandstraße.

Dann sagte Valerie: »Ich mache dir einen Vorschlag: Sag nicht gleich, das gehe nicht. Schließlich ist Streiff auch Polizist.« Sie brach ab.

»Ja?«, fragte Melch.

»Du wärst froh um Streiffs Mithilfe in diesem Fall. Und ihm würde es gut tun, wieder ein wenig zu arbeiten, wenigstens am Rand in einen Fall involviert zu sein.« Sie zögerte, dann fuhr sie fort: »Wir könnten ihn doch ein bisschen hineinziehen, ihm Informationen geben, sodass er mitarbeiten kann.«

»Hm.«

»Du wirst gleich sagen, dass das illegal ist, dass nichts von laufenden Ermittlungen nach außen getragen werden darf. Aber Streiff könntest du als Mitarbeiter betrachten, als polizeilichen Freelancer sozusagen.« Sie sprach jetzt schneller, eifrig, wie es ihre Art war, wenn sie jemanden von einer Idee überzeugen wollte. Das gelang ihr auch meistens.

Zwicky seufzte.

»Wir könnten einen Pakt schließen, du und ich«, sagte sie ernst. »Nichts wird nach außen dringen, niemand wird je davon erfahren. Streiff weiß ja am besten, dass Ermittlungen absolut vertraulich sind.«

»Lass mich darüber schlafen, Valerie.« Er klang müde.

Valerie hörte nur, dass er nicht Nein sagte. »Es wäre eine Win-win-Situation«, setzte sie noch einen drauf. »Für dich, für Beat, für den Fall und auch für mich. Und schaden würde es niemandem.«

Sie waren wieder vor ihrer Haustür angekommen.

»Wenn es herauskommt, bin ich die längste Zeit Polizist gewesen«, brummte er. »Dann nimmt mich nicht mal mehr die Securitas.«

»Überleg's dir«, bat Valerie und eilte die Treppe hinauf.

Melchior betrat die Wohnung, öffnete vorsichtig die Schlafzimmertür und warf einen Blick auf das Bett. Agnes schlief. Er setzte sich ins Wohnzimmer aufs Sofa, den Blick auf die Vergrößerung eines Fotos vom Selbsanft gerichtet. Daneben hing eines, das ihn selbst zeigte, an einer groben Steilwand hängend. Aufgenommen worden war es von dem Kollegen, der hinter ihm aufstieg. Dort hatten sie gewusst, in welche Richtung es ging und was das Ziel war. Und dass sie auch abstürzen könnten. Zwicky dachte nach. Erinnerungen an die Zusammenarbeit mit Streiff gingen ihm durch den Kopf. Streiffs Ärger über ihn, den unwissenden Jungspund, Streiffs Anerkennung, als er die erste wirklich gute Idee produzierte und ihr hartnäckig nachging, seine herzliche Gratulation, als Zwicky die Stelle in Glarus bekommen hatte. Dann der Schock, als der Chef plötzlich schwer krank wurde. Hätte man ihm vorher etwas anmerken müssen? Der Tumor war ja schon seit Jahren langsam gewachsen und hatte zunehmend Hirnmasse zusammengedrängt, um selbst Platz zu finden. Streiff hatte häufig Kopfschmerztabletten geschluckt, seine Konzentrationsfähigkeit hatte etwas nachgelassen, er war bedächtiger geworden, manchmal hatte er gereizt reagiert. Er wird langsam alt, hatte Zwicky aus der komfortablen Position seiner fünfunddreißig Jahre gedacht, oder er ist überarbeitet. Oder beides. Diese Nachlässigkeit lag ihm immer noch auf der Seele. Allerdings – Valerie, seine Frau, hatte auch nichts gemerkt. Aber sie war ihm zu nahe, sah ihn jeden Tag, und die Veränderung war ganz allmählich vor sich gegangen, sodass sie ihr nicht auffallen konnte.

Das, wozu Valerie ihn überreden wollte, mit ihrer ganzen lebhaften Überzeugungskunst, war eine Amtsgeheimnisverletzung, ganz klar. Polizeilicher Freelancer – so ein Unsinn, eine Idee, auf die wirklich nur Valerie kommen konnte. Trotzdem: Es beunruhigte ihn, dass sich Streiffs Zustand nicht bessern wollte. Er isolierte sich so, dass man gar nicht sehen konnte, wie es ihm ging. Valerie litt darunter, auch wenn sie nur wenig davon verlauten ließ. Aber nun hatte sie Hoffnung geschöpft. Weil Streiff zum ersten Mal seit gut drei Monaten wieder an etwas Interesse zeigte, sich über einen ungeklärten Todesfall Gedanken machte. Könnte er schrittweise wieder zu seiner Arbeit, zu seinem Engagement zurückfinden? Nicht so, wie ein paar Monate nach der Operation, als er sich in die Arbeit stürzte und seine Kräfte komplett überforderte.

Zudem: Er, Melchior, musste sich eingestehen, dass er angesichts dieses außergewöhnlichen Todesfalls in der Tat ratlos war. Nicht mal feststellen können, unter welchen Umständen der Mann gestorben war – was war er denn für ein Polizist? Bei einem Unfall oder einem Selbstmord wäre er gar nicht zuständig gewesen, er hätte die Sache abschieben können. Aber er würde dran bleiben. Würde morgen mit Doro Schuler und Barbara Amsler reden. Nochmals nach Ziegelbrücke fahren. Sich in Matthias Freytags Wohnung umsehen, sich ein weiteres Mal mit André Freytag unterhalten. Hieß das, dass er insgeheim davon überzeugt war, dass hier ein Verbrechen vorlag? Ja, das hieß es wohl. War es angezeigt, dass er sich von einem Profi den Rücken stärken oder den Kopf zurechtsetzen ließ? Ja, das war es wohl. Von Streiff? Von wem sonst.

Vertrauliche Informationen. Selbstverständlich könnte Streiff mit dieser Situation umgehen. Man müsste ihm das nicht mal ans Herz legen. Wenn er, Zwicky, ihm interne Informationen über diesen Todesfall zukommen ließe – am besten mit ein paar konkreten Fragen, und davon hatte er ja genug –, wüsste Streiff haargenau, was Sache war. Dann wäre es an ihm zu entscheiden, ob er aus der Ferne mitarbeiten wollte oder ob er abwinkte.

Zwicky wurde klar, dass er sich bereits entschieden hatte. Sarkastisch dachte er: Wenn es herauskommt, kann ich ja wieder als Maurer arbeiten. Und im Winter als Privatdetektiv oder Skilehrer. Warum hatte ihm Valerie überhaupt mit dieser Idee kommen müssen, die dann allenfalls er ausbaden musste, dachte er, einen Moment lang übelnehmerisch gesinnt. Aber diese Stimmung war gleich darauf verflogen. Valerie war mutig. Ihr lag alles daran, dass ihr Mann wieder ins Leben zurückfand, dafür setzte sie gnadenlos ihre Energie, ihren Charme, ihren Erfindungsgeist ein. Zwicky lächelte. Aber eines musste sie akzeptieren: In diese Angelegenheit wurde sie nicht einbezogen. Da würde er sich von ihr nicht einwickeln lassen. Das war ein Austausch, der, wenn er schon sein musste, allein zwischen ihm und Streiff ablief. Valerie würde keine Informationen kriegen, nicht die Vermittlerin spielen. Sie würde ihm Streiffs private Mailadresse und seine neue Handynummer aushändigen – und fertig.

4 FERTIG LUSTIG

Valerie stellte am nächsten Morgen keine Fragen. Sie strahlte, als er in einem fast barschen Tonfall von ihr Streiffs Mailadresse und Nummer verlangte, interessanterweise – wie er mit heimlicher Empörung zur Kenntnis nahm – hatte sie das sorgfältig von Hand geschriebene Kärtchen schon bei sich. Es enthielt allerdings nur die Mailadresse, keine Telefonnummer. Als Agnes aus der Küche kam, ein Brotkörbchen mit warmem Toast in der Hand, war die Übergabe bereits über die Bühne gegangen. Melchior löffelte stumm seine Haferflocken mit Joghurt, während Valerie sich beschwingt aus dem Brotkorb bediente und sich bei Agnes so vergnügt bedankte, dass diese ihr einen etwas verwunderten Blick zuwarf.

Im Büro rief Zwicky als Erstes im Krankenhaus an. Doktor Schuler habe erst ab Mittag Dienst, hieß es. Bei ihr zu Hause hob niemand das Telefon ab. Barbara Amsler erreichte er in der Apotheke. Sie fragte nicht, warum er sie sprechen wollte, sondern sagte sofort eifrig zu. Rief eine Minute später zurück und sagte, sie habe sich am Nachmittag zwei Stunden freinehmen können und erwarte ihn um drei Uhr bei sich zu Hause. Zwei Stunden?, dachte Zwicky, so lange wird es ja wohl nicht dauern. Er beschloss, unangemeldet bei Doro Schuler vorbeizuschauen. Er ging zu Fuß hin. Im mit 5000 Einwohnern kleinsten Kantonshauptort der Schweiz gab es ja keine großen Entfernungen. Glarus war kein Dorf, aber halt auch keine Stadt. Vielleicht ein Städtchen, aber die Glarner nannten ihren Hauptort »Flecken«. Also ging er zügig vom Spielhof, wo sich das Polizeigebäude befand, hinauf in Richtung Feldstraße.

Die Ärztin wohnte am Rand des Fleckens. Die Feldstraße war eine der besten Wohnlagen, dort, wo die Siedlung ins Land überging; Ruhe, Schrebergärten, Spazierwege, Aussicht auf die nahen Berge und viel Sonne. Allerdings hatte sie vom Blick in die Natur nicht viel, denn ihr Haus war von einer dichten zwei Meter hohen Hecke umgeben. Das Haus war klein, quadratisch, weiß verputzt, einstöckig. Ihre beiden Autos, ein silberfarbener zweiplätziger Alfa und ein roter robuster, bergwintertauglicher Subaru standen auf dem gedeckten Parkplatz. Daneben ein Mountainbike. Zwicky war nicht der Einzige im Kanton, der dem schnittigen Alfa schon neidisch hinterher geschaut hatte. Schuler fuhr damit ins Spital, obwohl der Weg zu Fuß kaum eine Viertelstunde gedauert hätte. So waren halt Ärzte: Predigten den Patienten, gesund zu leben, sich viel zu bewegen – und waren selbst am liebsten motorisiert unterwegs. Der Polizist registrierte beiläufig, dass neben der Haustür ein großer Fliederstrauch wuchs. Fliederblüten waren Agnes' Lieblingsblumen. Er klingelte. Keine Reaktion. Nichts war zu hören. Er betrat den Garten, ging ums Haus herum. Der Rasen war akkurat gemäht, auf dem Sitzplatz standen jetzt, im November, keine Gartenmöbel. Die Fensterfront war mit einem Tüllvorhang verhängt, Zwicky hatte keinen Einblick in den Raum. Vor einem anderen Fenster um die Ecke war der Rollladen heruntergelassen. Vermutlich das Schlafzimmer. Er kam von der anderen Seite her wieder zur Haustür. Klingelte nochmals. Jetzt sah er erst, dass die Haustür gar nicht verschlossen war, nicht einmal richtig zu. Einen winzigen Spalt stand sie offen.

Er stieß sie vorsichtig ein wenig mehr auf, rief: »Frau Schuler?« Wagte sich einen halben Schritt hinein. Das Erste, was er wahrnahm, war ein Geruch. Er atmete tief aus. Er kannte das. Es war der Geruch von Krankheit und Tod. Schon wusste er, auf was er stoßen würde. Weit musste er nicht gehen. Doro Schuler lag am Boden, halb im Schlafzimmer, halb im Eingangsbereich. Ihre Beine hatte sie angewinkelt, die Arme ausgestreckt, das dunkle kurze Haar zerrauft. Sie hatte erbrochen. Sie war im Pyjama, einem schwarz-weiß gemusterten ehemals eleganten Ding, vermutlich Seide, dessen verrutschtes Oberteil den Bauch freigab. Barfuß. Und sie war tot. Ihr Mund war halb geöffnet, die Augen ebenso, ihr Gesicht war in einer Grimasse erstarrt. Verletzungen stellte Zwicky auf den ersten Blick keine fest.

Er ging zum Eingang zurück. An der Tür waren keine Einbruchsspuren zu sehen. Bei seinem Rundgang ums Haus hatte er weder bei der Gartentür noch an den Fenstern irgendetwas Ungewöhnliches festgestellt. Per Handy rief er die Sanität.

Während des Wartens ließ er seinen Blick durch den Raum schweifen. Er stand in einem großzügigen Wohnzimmer mit Essbereich und offener Küche. Die Einrichtung sah teuer aus. Ein orangefarbenes Ledersofa, zwei ockerfarbene Sessel. Mut zur Farbe, konstatierte Zwicky. Ein heller Teppichboden, darauf ein Teppich mit afrikanisch anmutendem Muster, ebenfalls in Ocker und Orange, aber gedämpfter. Ein weißes Sofatischchen, auf dem einige Zeitschriften und Zeitungen lagen. Ein riesiger Fernseher, auf dem die Figuren vermutlich größer waren als die lebendigen Menschen vor dem Bildschirm. An der einen Wand eine große afrikanische Maske, ein blickloses Gesicht, ein verzerrter Mund. Darunter, der Wand entlang, afrikanische Skulpturen aus geschwärztem Holz. An der Fensterfront eine hohe, buschige Pflanze. Die Einrichtung war schlicht und funktional. Der Raum strahlte keine Wärme aus, keine Wohnlichkeit, es fehlte die minimale Unordnung, die eine Wohnung erst belebt macht.

Die Küche allerdings wirkte, als ob Doro Schuler die Putzfrau davongelaufen wäre. Schmutzige Suppenteller, Besteck und eine Pfanne standen zum Teil neben, zum Teil im Schüttstein. Auf der Ablagefläche neben dem Herd lagen eine aufgerissene halb ausgeleerte Verpackung von Haferschleimsuppe und ein Päckchen Kamillentee. Am Boden eine zerbrochene Tasse und ein Löffel. Auf dem Küchentisch standen eine halb volle Flasche Rotwein und ein Aschenbecher mit drei Stummeln. Das dürfte beides älter sein, mutmaßte der Polizist, in den letzten paar Tagen hatte sie sich mit Garantie keine kleine Ausschweifung geleistet.

Er warf einen Blick ins verdunkelte Schlafzimmer. Er stutzte. Oha. Ein Himmelbett. Das hätte er ihr nicht zugetraut. Hatte sie eine geheime romantische Ader? Das Bettzeug war zerwühlt, auch dort waren Spuren von Erbrochenem. Am Fuß des Bettes lag eine Tagesdecke aus einem glänzenden cremefarbenen Stoff. In einem dritten Zimmer gab es einen kleinen Schreibtisch, einen Laptop, ein hohes schmales Regal mit medizinischer Fachliteratur. Auf dem Tisch eine gebrauchte Kaffeetasse, ein Teller mit Keksen, ein Aschenbecher mit zwei Stummeln und ein Stapel Prospekte eines Entwicklungshilfeprojekts in Tansania. Auf einem prangte ein Foto von Doro Schuler selbst. Zwicky nahm ihn auf. Sie wurde dort gefeiert als Gründerin, unermüdliche Unterstützerin und kompetente Mitarbeiterin der Krankenstation. Auf dem einen Foto hielt sie ein Kleinkind auf dem Arm, dem sie offenbar das Leben gerettet hatte. Daneben die glückliche Mutter des Babys. Daneben lagen aufgeschlagen ein Swahili-Lehrbuch, ein Wörterbuch und ein Heft mit handschriftlichen Eintragungen. Vermutlich Sprachübungen.

Im Bad entdeckte Zwicky Medikamente gegen Magen-Darm-Grippe. Sie hatte also noch versucht, sich zu helfen, wohl nachdem Tee und Suppe nichts genützt hatten. Aber sie hatte ihren Zustand offenbar falsch eingeschätzt. So waren Ärzte, ging es Zwicky durch den Kopf: Krankheiten sind in ihren Augen etwas, was die Patienten haben. Das hatte Agnes mal kopfschüttelnd erzählt, nachdem ein Oberarzt fast mit Gewalt heimgeschickt werden musste, weil er mit einer ansteckenden Grippe zur Arbeit erschienen war.

Die Ordentlichkeit und die unterkühlte Atmosphäre in der Wohnung bildeten einen scharfen Kontrast zu der armen, toten abstoßend riechenden Gestalt auf dem Boden. War sie einmal gut aussehend gewesen? Jetzt war sie es nicht mehr. So hätte sich Dr. med. Doro Schuler zweifellos nie sehen wollen, auch wenn sie als Ärztin natürlich wusste, dass der Tod nicht ästhetisch und anrührend daherkam. Es brauchte immer die Arbeit von Pflegepersonal oder Bestatter, bis ein Verstorbener in einem Zustand war, der in den Angehörigen nicht Schrecken und Abscheu, sondern Liebe und Trauer weckte.

Hatte Doro Schuler überhaupt Angehörige? Zuerst mussten, da es sich möglicherweise um einen »agT«, einen außergewöhnlichen Todesfall, handelte, die Tote in die Rechtsmedizin gebracht und die Wohnung versiegelt werden. Schon wieder, dachte Zwicky brummig. Aber so seltsam wie der Fall Freytag würde es nicht sein. Die Frau musste an einer Krankheit gestorben sein. Wahrscheinlich an einer Lebensmittelvergiftung, da sie erbrochen hatte. Vielleicht Meeresfrüchte, sinnierte er, der solchen Leckereien prinzipiell misstrauisch gegenüberstand. Hatte sie ihre Todesmahlzeit selbst zubereitet? Die Untersuchung des Abfalleimers würde es zeigen. Zwicky behändigte ein Adressbuch, das neben dem Telefon lag.

Zehn Minuten später rückte die Sanität an, um die Leiche in die Rechtsmedizin zu bringen. Zwicky ging in sein Büro zurück. Dort klaubte er den Zettel hervor, den Valerie ihm zugesteckt hatte. Warum hatte sie ihm Streiffs Telefonnummer nicht aufgeschrieben? Er rief sie an. Zeit für einen Lunch im »Café City«? Sie sagte zu. Das Café gab es schon seit Jahrzehnten. Es war irgendwann renoviert und neu eingerichtet worden, aber der Schriftzug an der Hausmauer war noch immer derselbe wie vor dreißig Jahren, als Melchior mit seiner Mutter dort eine Schokolade hatte trinken dürfen.

»Schon wieder ein Todesfall?«, rief Valerie. »Unglaublich! Hatte ich jemals befürchtet, du würdest im Glarnerland zu wenig zu tun haben und dich langweilen?«

Er grinste. »Eben, weil es zu wenig anständige Delikte gibt, befasse ich mich mit Menschen, die nicht selbst auf sich aufpassen konnten, die zu viel getrunken, sich in die Kälte gelegt oder das Falsche gegessen und dann bedauerlicherweise das Zeitliche gesegnet haben.«

Die Kellnerin erschien. Melchior bestellte ein Schnitzel mit Pommes frites und ein Wasser, Valerie eine Omelette mit Salat und ein alkoholfreies Bier.

»Hast du diese Ärztin gekannt?«, wollte sie wissen.

»Nein. Ich bin ja nie krank. Ich habe schon gehört von ihr, Agnes hat sie erwähnt. Scheint's keine sehr angenehme Person.«

Aber eigentlich hatte er sich mit Valerie nicht über die Tote an der Feldstraße unterhalten wollen. Er fragte sie nach Streiffs Telefonnummer. Sie schüttelte den Kopf.

»Besser nicht«, sagte sie zögernd, »schreiben ist besser.«

»Ich hätte aber gern einen direkten Draht zu ihm«, drängte Melchior, »möchte gern wieder mal mit dem Alten reden.«

Die Kellnerin stellte die beiden Getränke auf den Tisch und schenkte ein.

»Verstehe ich. Aber vielleicht erwischst du ihn dann im falschen Augenblick. Wenn er zum Beispiel zwei Stunden gelesen oder ferngesehen oder Musik gehört hat, sind seine Batterien leer. Dann muss er erst wieder eine Stunde auftanken.«

So havariert ist Streiff?, wunderte sich Zwicky im Stillen, der mit wenig Schlaf auskam und gar nicht wusste, was ein Wort wie *Pause* bedeutete. Hässliche Wörter wie *invalid* und *chronisch krank* zogen gegen seinen Willen durch seinen Kopf. War es vorbei mit dem Chef?

»Ja, aber kann er dann überhaupt … ich meine, wie ist er …« Valerie fiel ihm ins Wort.

»Ja, er kann. Er ist nicht hinüber«, versetzte sie ungeduldig. »Er kann genauso scharf und schnell denken wie du. Bloß nicht so lange. Eigentlich fehlt es seinem Gehirn einzig an Ausdauer.«

Hm. Melchior konnte sich das nicht recht vorstellen. Wenn man müde war, konnte man sich doch ein wenig zusammenreißen. Wurde Streiff aufs Alter hin ein fauler Sack? Enttäuschung kam in ihm auf.

Die Kellnerin brachte die beiden Teller. »Guten Appetit«, wünschte sie. Valerie und Melchior begannen zu essen, schwiegen eine Weile.

Valerie spürte Melchiors Unverständnis. Sie reagierte versöhnlich, erklärte es ihrem Freund so, wie sie es nach und nach aus Beat herausbekommen hatte. »Nach einer gewissen Zeit kann sein Hirn keine Reize mehr aufnehmen und verarbeiten, er kann nicht mehr darauf reagieren. Das kann langsam oder auch ganz plötzlich kommen. Dann hält er keine Menschen, keine Geräusche mehr aus, kann nicht mehr denken. ›Kopfzerbrechen‹ nennt er diesen Zustand, wenn er an diese Grenze kommt und die Empfindung hat, wenn noch mehr auf ihn einstürzen würde, würde sein Hirn auseinanderbrechen.«

Oha, dachte Melchior, so übel ist er dran? Aber das darf man ja nicht sagen. »Bleibt das für immer so?«

»Nein, es wird bestimmt wieder besser. Dass er sich zurückgezogen hat, tut ihm gut. Dann kann er ganz in seinem Rhythmus leben.« Das war das, was sie sich zu ihrem eigenen Trost jeweils sagte, wenn ihre Langezeit nach ihm wehtat.

»Wenn du ihm schreibst, kann er es lesen, wenn er sich ausgeruht fühlt, und kann sich dann melden, wenn er dazu bereit ist. Vielleicht ruft er dich auch an.«

Was Valerie Melchior nicht sagte, war, dass Beat nicht nur deshalb weggegangen war, um sich besser erholen zu können, sondern auch, weil er sich in seiner Schwäche, seinem Unvermögen unzulänglich und untüchtig fühlte. Wenn er allein war, brauchte er sich mit niemandem zu vergleichen, musste sich nicht damit herumquälen, dass er bei einem Vergleich schlecht abschnitt. Sein verletzter Stolz machte ihn unfreundlich, abweisend. Manchmal auch Valerie gegenüber. Sie reagierte jeweils gelassen und ließ ihn ihre Traurigkeit nicht spüren.

»Okay«, sagte Melch mit einem Seufzer, »dann werde ich ihm schreiben und erzählen, was hier abgegangen ist und was mir unklar ist. Weiß er überhaupt, was ihn erwartet? Hast du ihm gesagt, dass ich ihn in meine Gedankenspielereien in einem Schein-Fall reinziehen will?«

»Nein, ich will ja nicht, dass er merkt, dass das ein abgekartetes Spiel zwischen uns beiden ist. Ich habe ihm nur geschrieben, dass du dich mal melden wirst, um zu hören, wie es ihm geht. So als Freund.«

Ob er sich da täuschen lässt?, dachte Zwicky. Nicht, wenn er noch der Mensch ist, den ich kenne. Aber er wird es nicht übel nehmen.

»Hast du seit Montag von ihm gehört?«

»Nein, so sehr verwöhnt er mich nicht.« Sie versuchte zu lachen, aber es gelang ihr nicht recht.

Melchior winkte der Kellnerin, bestellte zwei Espressi und die Rechnung.

»Ich lade dich ein«, kam ihm Valerie schnell zuvor, »zu Hause bin ich euer Besuch, hier bist du mein Gast.«

5 UNHEILKRAUT

Bevor Zwicky nach Schwanden zu Barbara Amsler fahren musste, hatte er noch etwas Zeit. Im Büro notierte er sich einige Fragen, die er ihr stellen wollte. Ihr übertriebenes Entgegenkommen, fast Begeisterung, als er sein Kommen angekündigt hatte, irritierte ihn. War sie eine Person, die sich gern in Szene setzte und ihn endlos aufhalten und langweilen würde? Oder wusste sie etwas über Matthias Freytags Befinden in der letzten Zeit seines Lebens? Hatte sie Kontakt zu Leuten, die ihn kannten? Hatte sie Kenntnis von irgendeinem Vorfall von früher, von einer alten Fehde?

Der Weg von Glarus nach Schwanden war kurz. Die Frau lebte in einem alten Haus. Sie musste am Fenster Wache gestanden haben, denn kaum fuhr er vor und parkte den Wagen vor dem Haus neben ihrem roten VW, kam sie schon herausgeeilt. Während sie hineingingen, redete sie die ganze Zeit. Sie erzählte, das sei ihr Elternhaus, hier sei sie aufgewachsen. Im ersten und zweiten Stock sei die Familienwohnung gewesen, nun lebe sie im Erdgeschoss in der Wohnung, in der Landolt Fridli mit seiner Frau Gritli gewohnt habe.

Ganz früher, sie schluckte, habe sie mit der Helen die Wohnung geteilt. Aber eben … ein tiefer Seufzer, ein leidvoller Blick zu Zwicky, den er nicht recht deuten konnte. Schließlich war der Tod ihrer Schwester schon zehn Jahre her. Zwicky stellte sich ergeben darauf ein, dass sich der Besuch länger hinziehen würde.

Barbara Amsler war etwa vierzig, acht Jahre jünger als ihre Schwester. Melchior Zwicky teilte sie augenblicklich in die Kategorie der »schmucklosen Frauen« ein. So bezeichnete er nicht Frauen, die keinen Schmuck trugen, sondern Frauen, die mit ihrer ganzen Aufmachung, mit Kleidern, Schuhen, Haarschnitt überdeutlich signalisierten, dass sie nichts auf ihr Äußeres gaben. Sie war klein, rundlich, ihr hellbraunes Haar war lieblos kurz geschnitten. Vielleicht machte sie es selber vor dem Spiegel. Sie war nicht hübsch, unmodisch gekleidet, das Kleid etwas zu lang, sie trug beige Gesundheitsschuhe. Sicher bequem, wenn sie den lieben langen Tag in der Apotheke stehen musste, korrigierte Zwicky seine geringschätzigen Gedanken.

Die Wohnung war nicht sehr hell, die Zimmer waren niedrig, die Fenster klein. Voluminöse Möbelstücke aus dunklem Holz standen herum, sicher aus der elterlichen Wohnung übernommen. Mit den Worten, sie habe »gad es Kaffi gmacht«, soeben Kaffee gekocht, ging sie voraus in die Küche. Von dort führte eine Tür ins Freie. Die Frau bemerkte Zwickys Blick und zeigte ihm bereitwillig ihr Gärtchen. Ein ausladender Kirschbaum, ein Himbeerstrauch, ein winziges Rasenstück, an der Hausmauer eine hölzerne Bank, davor ein rundes grünes Metalltischchen, von dem die Farbe abblätterte. Aber das Wichtigste war das Kräutergärtchen. Das sei ihr Hobby, verkündete sie stolz, sie pflanze Heilkräuter an, mache Tee davon oder verwende sie als Arzneien.

»Hilft ebenso gut wie das Zeugs, das ich in der Apotheke verkaufe«, kicherte sie.

Tja, jedenfalls sah sie gesund aus. Sie wies ihn auf einzelne Kräutlein hin und beschrieb, wozu sie gut seien. Manche Pflanzen sammle sie auch draußen, auf Alpweiden und im Wald. Nur sie wisse, wo sie sprießen würden. In die Pilze gehe sie auch, da kenne sie geheime Plätzchen, wo viele wuchsen. Und Heidelbeeren pflücke sie, die kleinen, echten, nicht die riesigen ausländischen Blaubeeren, die null Geschmack hätten. Sie winkte verächtlich ab.

»Ich sehe Ihnen an, dass Sie nicht gut schlafen«, diagnostizierte sie. »Ich gebe Ihnen etwas Melisse mit.«

Zwicky seufzte. Er schlief sehr gut. Aber es war vielleicht besser, sich nicht in ihre Meinung über ihn einzumischen, schließlich wollte er etwas von ihr, also sollte sie ihm wohlgesinnt sein.

Im kleinen Wohnzimmer servierte sie das »Kaffi«. In der Mitte des Zimmers stand ein Esstisch mit vier Stühlen. Dahinter ein dunkelgrün bezogenes durchgelegenes Sofa, schräg vis-à-vis in der Ecke ein altmodischer Fernseher. Es war so düster, dass die Frau das Licht einschalten musste. Eine Deckenlampe mit gefälteltem Schirm hing über dem Esstisch. Sie holte eine Flasche Träsch aus dem Kasten. »Auch ein Gläschen?« Zwicky winkte ab. Sie schenkte sich ein wenig ein, setzte sich und schaute ihn erwartungsvoll an.

»Sie haben vielleicht von dem Toten gelesen, der am Sonntag im Tierfehd hinten gefunden worden ist«, begann Zwicky.

»Ja«, kam es triumphierend zurück, »und ich weiß auch, wer das war. ›Matthias F.‹ stand in der Zeitung. Nicht wahr, das ist Matthias Freytag, der Mann von Helen, das war ja nicht schwer zu erraten.« Sie lächelte zufrieden.

»Wussten Sie, dass er am Samstag nach Linthal kommen wollte?«

»Nein, woher auch? Aber ich habe ihn gesehen.«

»Gesehen?«

»Am frühen Morgen. An Helens Grab. Ich wollte Blumen hinlegen. Wissen Sie, es war doch«, ein kleines Schluchzen unterbrach ihre Erzählung, »Helens Todestag, der zehnte. Als ich ihn sah, versteckte ich mich hinter einer großen Weide, bis er weg war.«

»Sie gingen nicht zu ihm hin, um ihn zu begrüßen?«

»Zu dem? Sicher nicht. Mit dem will ich nichts zu tun haben, Lump, der er war!«

Der Polizist zog die Augenbrauen hoch und schaute sie fragend an. Barbara Amsler kam in Fahrt.

»Helen hatte es nicht gut bei ihm. Er hat nicht richtig zu ihr geschaut. Er hat sie eingewickelt, ist mit ihr spazieren gegangen. Weiß Gott, über was sie auf diesen Spaziergängen geredet haben. Jedenfalls wollte er sie dann heiraten. Und sie hat Ja gesagt.« Sie biss sich auf die Lippe und warf Zwicky einen verbitterten Blick zu. »Ist voll auf ihn hereingefallen. Dabei hatten wir es vorher so friedlich zusammen.«

Eifersucht, erkannte Zwicky, ein Fall von heftigster schwesterlicher Eifersucht. Noch nach all diesen Jahren.

»Wahrscheinlich«, fügte sie fast atemlos hinzu, »wäre Helen gar nicht krank geworden, wenn sie nicht zu dem blöden Siech gegangen wäre.«

Auf diese medizinische Spekulation mochte er sich nicht einlassen.

»Wissen Sie, ob er noch mit alten Bekannten aus Glarus Kontakt hatte? Mit Arbeitskollegen, Nachbarn?«

»Keine Ahnung. Interessiert mich auch nicht.«

»Hat er viel getrunken oder Medikamente genommen?«

»Würde mich nicht wundern, wenn er ein Säufer gewesen wäre.«

Diese Befragung wird wohl nicht sehr ergiebig, bilanzierte Zwicky. Trotzdem wollte er ihr die Fragen stellen, wenn er schon mal hier war.

»Was war Ihr Schwager für eine Persönlichkeit? Können Sie seinen Charakter beschreiben? Hatte er vielleicht Feinde, die ihm bös wollten?«

Sie überlegte verbissen.

»Er hat kaum den Mund aufgemacht. Ein verstockter Cheib, wenn Sie mich fragen. Er hat so freundlich getan, ein fertiger Weichling, wenn Sie mich fragen. Aber wer weiß, was er für Gedanken gewälzt hat, vielleicht solche, mit denen er sich schon Feinde gemacht hätte. Ein falscher Hund war das. Geredet hat er nur mit Helen, da war er plötzlich gesprächig. Und sie hörte ja endlos zu, gutmütig, wie sie war.« Sie schenkte sich ein zweites Gläschen Träsch ein.

Zwicky wechselte das Thema.

»Warum, glauben Sie, ist Freytag jetzt ins Glarnerland gekommen?«

»Reue«, tönte es zurück.

»Was hatte er denn Ihrer Meinung nach zu bereuen?«

Jetzt flüsterte sie fast: »Er ist schuld an Helens Tod. Ja. Helen ist an einem geplatzten Blinddarm gestorben. Elend zugrunde gegangen«, ein kurzer Schluchzer, »weil er sie zu spät ins Spital gebracht hat.«

»Und warum könnte er nach Linthal gefahren und ins Tierfehd gewandert sein?«

Diese Frage interessierte Barbara Amsler nicht besonders. »Ach, da ist er oft mit Helen spazieren gegangen. Sie schwärmte von der Stille dort hinten, davon, dass sie kaum Menschen antrafen.«

Dann kam sie auf ihr eigentliches Thema zurück, mit dem sie noch nicht fertig war.

»Die im Spital sind natürlich auch schuld. Ließen Helen einfach sterben. Man sollte sie verklagen.«

»Ihre Schwester fehlt Ihnen sehr?«

»Sie war alles, was ich hatte. Unsere Eltern sind früh gestorben, ich war fast noch ein Mädchen. Helen war schon erwachsen, war Kindergärtnerin hier in Schwanden. Und sie hat zu mir geschaut.« Sie schwieg. »Jetzt habe ich niemanden mehr. Unser älterer Bruder, Martin, lebt schon lange im Vorarlbergischen. Kommt nie zu Besuch.«

Offenbar, überlegte der Polizist, kam auch sonst kaum jemand zu Barbara Amsler auf Besuch. Hatte sie denn keine Freunde? Hatte sich nie ein Mann für sie interessiert?

Er hätte nicht sagen können, warum, aber er fragte sie: »Kennen Sie Doro Schuler, die Ärztin am Kantonsspital?«

»Die? Die hat Helen doch behandelt. Die war auch schuld. Mörderin!«

»Und Doktor Gabathuler?«

»Ja, der auch.«

Hm. Das war eine Fangfrage gewesen. Es würde mich doch sehr wundern, wenn es vor zehn Jahren im Spital einen Doktor Gabathuler gegeben hätte, dachte Zwicky amüsiert. Klären wir natürlich ab. Die Frau war so verbohrt in ihrem Schmerz – war es überhaupt noch Schmerz um die Schwester? Oder waren es die Verzweiflung und Bitterkeit über ihr eigenes Leben, die sie so kanalisierte? Jedenfalls fantasierte sie bedenkenlos.

»Doro Schuler ist gestorben.«

»So? Es gibt also doch eine Gerechtigkeit.« Pause. Dann, mit kaum verhehlter Neugier: »Woran denn?«

»Das wissen wir noch nicht. Ich dürfte es Ihnen auch nicht sagen.«

Ein empörter Blick, dann wurde Barbara Amsler abgelenkt durch ein Miauen. Eine getigerte Katze glitt ins Zimmer. »Ja, Mugerli«, nun klang die Stimme der Frau ganz anders, weich und klagend. »Komm zum Mueti.« Die Katze sprang auf ihren Schoß, und sie fuhr ihr durchs Fell. Sie schien sich nicht mehr für das Gespräch zu interessieren. Hatte sie das Gefühl, zu viel gesagt zu haben? Aus dem einen Gläschen Träsch waren drei geworden. Die leere Flasche, die im Tierfehd in der Nähe von Matthias Freytag gelegen hatte, war auch eine Träsch-Flasche gewesen. Allmählich schlug die Atmosphäre von Wut, Trostlosigkeit und Einsamkeit in dieser Stube Zwicky aufs Gemüt. Für ihn war das Gespräch nicht ergiebig gewesen. Barbara Amsler hatte immerhin Dampf ablassen können. Offensichtlich wusste sie nichts über Freytags heutige Lebensumstände und seinen psychischen Zustand. Ihre Angaben – besser: Behauptungen – über das Sterben von Helen Freytag würde er überprüfen. War Doro Schuler tatsächlich die behandelnde Ärztin von Helen Freytag gewesen? Barbara Amsler war jedenfalls eine Person, die beide Toten, Matthias Freytag und Doro Schuler, gekannt hatte. Er ging. Vom Melissenkraut war nicht mehr die Rede. Im Büro schrieb er auf einen Notizblock nur ein paar Wörter:

»Barbara Amsler: Rachewünsche? Träsch. Apotheke (Medikamente)«

Auf dem Heimweg kaufte er sich ein Sandwich. Agnes hatte heute Spätschicht, sie würden einander, wenn überhaupt, nur kurz sehen. Morgen hatte sie frei. Abends könnte ich … dachte er, genau, ich werde für uns kochen. Nur für Agnes und mich.

6 SPITALREIF

Am Donnerstagvormittag fand sich Zwicky zum zweiten Mal innert weniger Tage im Büro von Rechtsmediziner Martin Stucki ein. Er war auf zehn Uhr bestellt worden. Zwicky hätte die Besprechung gern schon um acht Uhr gehabt, aber dafür war Stucki nicht zu haben. Es ging das Gerücht um, er fange nie vor zehn Uhr morgens an und führe seine Autopsien am liebsten nachts durch. »Frankenstein«, nannten ihn einige, aber so was interessierte Zwicky nicht. Wieder versuchte er, die abstrakten großflächigen Gemälde an den Wänden zu übersehen oder sich zumindest keine Gedanken darüber zu machen. Stucki, gut aussehend und perfekt gekleidet wie immer – Zwicky hatte ihn im Verdacht, sich seine weißen Arztkittel maßschneidern zu lassen – begrüßte ihn. »Da schwappt ja geradezu eine Welle von unglücklichen Todesfällen übers Land«, meinte er. »Haben Sie schon nachgeschaut, ob die Prophezeiungen des Nostradamus etwas dazu zu sagen haben?«

Zwicky ließ das über sich ergehen. »Ich schlage vor, Sie recherchieren das in Ihrer Freizeit«, bemerkte er mit einem Sarkasmus, den er zum ersten Mal gegenüber Stucki zuwege brachte.

»Also, woran ist Doktor Schuler gestorben?«

Stucki lächelte. »Sie haben richtig vermutet, Zwicky, es war eine Lebensmittelvergiftung.«

»Und was genau?« Der Polizist fühlte sich wie ein Interviewer, schon stieg Ungeduld in ihm auf. Aber bei Stucki nützte das nichts, das konnte ihn eher noch verlangsamen. Also lehnte sich Zwicky gemütlich zurück und tat so, als ob ihn eines der Bilder interessieren würde.

»Pilzvergiftung«, kam es vom Rechtsmediziner. »Grüner Knollenblätterpilz. Sieht für ungeübte Augen aus wie ein Champignon oder wie ein grüner Täubling. Schmeckt gut, ist aber hochgiftig.«

»Wann ungefähr muss sie die Pilze gegessen haben?«

Der Arzt räusperte sich. »Da sie am Freitag noch gearbeitet hat und am Mittwochmorgen bereits tot war, ist anzunehmen, dass das Gift ungewöhnlich rasch und stark gewirkt hat. Das ist möglich, weil Frau Doktor Schuler vor Jahren einmal eine Hepatitis hatte.«

»Wie verläuft denn eine solche Vergiftung? Wie schnell stirbt man?«

»Zuerst hat der Patient Brechdurchfall. Dann geht es ihm ein paar Stunden besser, aber danach setzt die Zerstörung der Leber ein. Unter Umständen kann es im Magen-Darm-Trakt auch Blutungen geben. Der Patient fühlt sich sehr matt und kränklich, aber nicht schwer krank. Wenn man nicht weiß, worum es sich handelt, geht man nicht unbedingt zum Arzt. Aber dann ist die Sache gelaufen.«

Er händigte Zwicky ein Merkblatt über Pilzvergiftungen aus. »Kann Ihnen vielleicht nützlich sein.«

»Sie können nicht genau sagen, wann sie die Pilze gegessen hat?«

»Freitagabend, spätestens am Samstag. Mindestens 50 Gramm.«

»Gekocht, gebraten, gebacken, roh?«

Stucki schüttelte bedauernd den Kopf. »Das lässt sich nicht feststellen. Was es für ein Rezept war, müssen Sie auf andere Weise herausfinden.«

Zwicky verabschiedete sich und zog sich in sein Büro zurück. Er notierte sich eine Reihe von Fragen: Hatte Doro Schuler die Pilze selbst gesammelt und zubereitet? Oder hatte sie sie woanders serviert bekommen? Wenn sie zu einem Pilzessen eingeladen war, müsste es noch weitere Personen geben, die sich eine Vergiftung zugezogen hatten, vielleicht im Spital gelandet waren. Es musste eine private Einladung gewesen sein, denn kein Restaurant ging das Risiko ein, seine Gäste zu vergiften.

Er gab die Anweisung, dass Schulers Küche, inklusive Abfalleimer, nach Spuren eines Pilzgerichts abzusuchen sei. Jeder Speiserest müsse im Labor analysiert werden. Dann recherchierte er im Internet über Pilzvergiftungen. Im Glarnerland war nichts dergleichen passiert. Niemand war tot aufgefunden worden, niemand lag mit Knollenblätterpilzgift im Magen im

Spital. Im Thurgau hingegen hatte es am Sonntag eine kosovarische Familie erwischt, die selbst gesammelte Pilze nicht zum Kontrolleur, sondern direkt in die eigene Küche getragen hatten. Eltern, Großmutter und drei Kinder lagen im Spital Frauenfeld, würden aber überleben. Doro Schuler war jedoch bei diesem Essen nicht dabei gewesen. Das meldete die Kantonspolizei Thurgau, die einen Beamten ins Spital geschickt hatte.

Es gab noch die Möglichkeit, dass in einem Pilzgericht nur ein paar giftige Exemplare gewesen waren, die unglücklicherweise alle im Magen von Doro Schuler gelandet waren. Unwahrscheinlich, aber nicht unmöglich.

Vom Labor kam der Bescheid, weder in den Pfannen, noch auf dem Geschirr oder im halb vollen Abfalleimer hätten sich Spuren von Pilzen gefunden. Tja, was nun? Doro Schuler würde die Knollenblätterdinger ja wohl kaum gepflückt und gleich roh verschlungen haben? Ging sie überhaupt Pilze suchen? Das musste er in ihrem Bekanntenkreis erfragen.

Zwicky drehte einen Bleistift in den Händen und starrte aus dem Fenster. Es gab noch eine Seltsamkeit, die ihn beschäftigte. Die Frau war Ärztin gewesen. Also wusste sie doch wohl Bescheid über den Verlauf von Pilzvergiftungen. Sie aß Pilze und fühlte sich später schlecht, wurde krank. Warum, um Himmels willen, hatte sie sich dann nicht behandelt oder behandeln lassen? Sie hätte die Notfallstation aufsuchen oder einen Notarzt rufen können. Sie wusste ja Bescheid über die Struktur des glarnerischen Gesundheitssystems! Sie hatte nur Kamillentee getrunken, Haferschleimsuppe gelöffelt und ein Medikament gegen Magenverstimmung geschluckt. Hatte sie noch etwas anderes eingenommen, das verhinderte, dass sie noch Hilfe organisieren konnte? Zum Beispiel – er seufzte – ein starkes Schlafmittel? Einen Augenblick dachte er an den armen Matthias Freytag. Für den würde er heute keine Zeit mehr haben, das musste bis morgen warten.

Er rief Martin Stucki an: »Nein, kein Medikament, keine Droge, kein Alkohol, keine Krankheit.«

Hatte sie sich umbringen wollen? Dann hätte sie kaum eine derart unangenehme langsame Methode gewählt. Als Ärztin hatte sie ja Zugang zu stark wirkenden Medikamenten, die einen eleganten schmerzlosen Tod garantierten. Ein spontanes Ableben, das nichts mit dem Gift zu tun hatte? Kaum. Oder – hatte ihr jemand in voller Absicht grüne Knollenblätterpilze zu essen gegeben? In der Absicht, sie zu töten? Es kam ihm in den Sinn, dass Barbara Amsler erwähnt hatte, dass sie in die Pilze ging. Er schüttelte den Kopf.

Es war eine wahrlich bemerkenswerte Koinzidenz. Zwei Todesfälle, die nur eines gemeinsam hatten: Sie konnten ein Unglücksfall, ein Suizid – oder Mord sein. Zwicky begann, sich Notizen zu machen, was er Streiff alles schreiben würde.

7 NICHT ALLES

Agnes hatte zuerst gar nicht mitkommen wollen. Nun saßen sie einander an diesem Donnerstag gegenüber im Regionalzug nach Linthal. Es war später Vormittag. Agnes hatte nach ihrer Spätschicht ausgeschlafen, Valerie hatte Beat ein Mail geschrieben, in dem sie ihm dieses und jenes erzählte, bloß nicht den Fall Matthias Freytag erwähnte. Das wollte sie jetzt voll und ganz Melchior überlassen. Sie schrieb, dass sie in der Buchhandlung Baeschlin einen spannenden Krimi gekauft hatte und fragte ihn, ob er im Fernsehen auch den herzerwärmenden Film über die beiden Bärenwaisen gesehen hatte, die bei einem alten Mann aufwuchsen. Sie vermied die Frage, wie es ihm gehe. Davon fühlte er sich manchmal bedrängt, so als ob sie von ihm Erfolgsmeldungen erwartete und enttäuscht wäre, wenn sie ausblieben.

Agnes hatte, als Valerie sie beim Frühstück einlud, mit ihr einen Ausflug nach Braunwald zu machen, gesagt, sie habe vor, sich einen faulen Tag zu machen. Erst als Valerie sagte, es mache ihr keinen Spaß, allein zu gehen, hatte sie sich erweichen lassen. Valerie war zwar häufig gern allein unterwegs, aber sie wollte endlich etwas Zeit mit Agnes verbringen. Vielleicht würde sie ihr etwas näher kommen bei einer kleinen Wanderung, vielleicht würde Agnes endlich etwas davon preisgeben, was sie bedrückte.

Nun blätterte Agnes in der »Südostschweiz«, während Valerie aus dem Fenster schaute und die Landschaft an sich vorbeiziehen ließ. Alle paar Minuten hielt der Zug in einem der kleinen Dörfer. Hätzingen, Luchsingen, Mitlödi, Rüti. Der Zug war halb leer. Valerie hörte hinter sich einen Mann und ein Kind miteinander reden.

»Ist es nicht geschummelt, wenn ich heute noch nicht zur Schule gehe, obwohl ich kein Fieber mehr habe?«, fragte das Mädchen.

»Nein, Lotte«, erwiderte der Mann, »du hattest eine tüchtige Grippe, und der Ausflug in die Berge, an die Sonne gehört zum Gesundwerden. Frische Luft, ein Spaziergang auf dem »Zwerg-Bartli«-Weg, und du wirst dich morgen kräftiger fühlen. Dann darfst du wieder in die Schule.«

»Kriege ich im Restaurant Pommes frites?«

»Aber sicher.«

»Und eine heiße Schokolade?«

»Klar, alles, was du willst.«

»Ähm, Leon, gibt es dort oben auch einen Souvenirshop?«

Valerie hörte den Mann lachen. »Was wünschst du dir denn?«

»Ich dachte, wir könnten ein Geschenk für Mama und Papa kaufen und es ihnen am Sonntag mitbringen, wenn wir sie besuchen.«

»Das ist eine gute Idee, Lotte. Wir könnten etwas zum Dessert besorgen, zum Beispiel ein Glarner Birnbrot.«

»Ein Brot?« Jetzt klang die Kinderstimme empört. »Zum Dessert?«

»Das Birnbrot ist eigentlich kein Brot«, erklärte Leon. »Es ist eher ein Kuchen, enthält eine süße Füllung aus gedörrten Birnen, Feigen und noch anderem. Schmeckt wunderbar.«

»Also gut«, willigte das Mädchen ein. »Und eine Karte schreiben wir ihnen auch.«

»Selbstverständlich. Wir schicken ihnen liebe Grüße …«

»… und schreiben, dass wir eine Überraschung für sie haben«, fiel Lotte ihm ins Wort.

»Genau das machen wir.«

Der Zug hielt in Linthal-Braunwaldbahn. Valerie sah den Mann mit dem achtjährigen Mädchen aussteigen. Sie trug einen kleinen bunten Rucksack, hatte die blonden Haare zu einem Pferdeschwanz gebunden.

Valerie und Agnes schlüpften in ihre Sportjacken, nahmen die Rucksäcke und gingen hinüber zur roten Standseilbahn, die schon bereitstand. Oben angekommen, ließen sie erst mal den Ausblick auf die Berge auf der anderen Talseite auf sich wirken. Für Agnes war es ein vertrautes Bild, aber Valerie war erst einmal hier oben gewesen. Damals waren sie zu viert gewesen: Agnes, Melchior, Beat und sie. Sie hatten eine Wanderung zum Oberblegisee gemacht. Ein kleiner Stich ging Valerie durchs Herz. Werden Beat und ich jemals wieder Wanderungen machen? Heute wandten sich die beiden Frauen nach links, Richtung Nussbüel. Die Sonne schien, aber es war recht kühl. Eine Weile gingen sie schweigend nebeneinander her. Valerie überlegte, wie sie beginnen könnte. Sie wollte ja Agnes nicht kopfscheu machen. Aber weiterhin so tun, als ob alles in Ordnung wäre, mochte sie nicht mehr. Sie holte Luft, um die andere ganz direkt zu fragen, was mit ihr los sei.

Im selben Augenblick begann Agnes zu sprechen. »Ich weiß schon, dass Melch und du euch Gedanken über mich macht. Vermutlich hast du mich deshalb zu diesem Ausflug überredet. Aber es ist nicht nötig, dass ihr euch Sorgen macht. Es ist einfach so, dass ich vielleicht einen schlimmen Fehler gemacht habe.«

»Was ist denn passiert?«, fragte Valerie.

»Das behalte ich für mich«, gab Agnes zur Antwort.

Jetzt, da Agnes ihr Schweigen gebrochen hatte, wurde Valerie mutiger. »Ich sehe doch, dass du dir Sorgen machst. Würde es dich nicht erleichtern zu erzählen, was geschehen ist? Und was meinst du damit, dass du ›vielleicht‹ einen Fehler gemacht hast? Das heißt doch, dass du vielleicht gar nichts falsch gemacht hast.«

»Es würde nichts mehr ändern, wenn ich es dir sage«, wehrte Agnes ab. »Es ist durch nichts wieder gutzumachen. Und ob es wirklich meine Schuld war, lässt sich jetzt nicht mehr herausfinden.«

Valerie gab sich noch nicht geschlagen. Agnes tat ihr leid, wie sie da einen Felsblock aus Kummer und Schuldgefühl mit sich herumtrug.

»Ist dir bei der Arbeit ein Missgeschick passiert?«

Agnes schüttelte den Kopf.

»Hast du dich mit Melchior gestritten und etwas gesagt, was du jetzt bereust?«

Kopfschütteln, verschlossenes Gesicht.

»Bitte rede doch. Hast du Probleme mit deiner Familie in England? Hast du deine Ersparnisse falsch angelegt und verloren? Hast du Melchior betrogen?«

Nun sah Agnes ihr ins Gesicht. »Nein, das alles ist es nicht. Gib dir keine Mühe. Es würde mir nichts bringen, mich jemandem anzuvertrauen. Ich brauche bloß Zeit.« Sie klang bestimmt.

»Ja wenn es dir nicht hilft, will ich dich nicht drängen«, gab Valerie nach. »Aber ich habe kein gutes Gefühl dabei.«

»Man muss nicht alles sagen.«

Ja, das stimmte wohl. Agnes war immer ein Mensch gewesen, der zurückhaltend war, sein Herz nicht leicht öffnete. Und das war ja auch in Ordnung so. Es fiel Valerie nicht ganz leicht, es hinzunehmen, weil sie selbst so anders war. Sie war spontan und schnell, trug oft ihr Herz auf der Zunge. Das kam ja auch nicht immer gut heraus, gestand sie sich ein. Und immer war auch sie nicht offen. Grade jetzt behielt sie vieles für sich. Ihre Gedanken und Gefühle angesichts von Beats Krankheit, ihre Traurigkeit, die Angst um ihn, die aufkommende Bitterkeit über das Schicksal – kaum etwas davon ließ sie nach außen dringen. Sie hätte es auch nicht geschätzt, wenn jemand zu viel gefragt, sie bedrängt hätte.

»Es stimmt«, wiederholte sie Agnes' Satz, »man muss nicht alles sagen. Bitte entschuldige, wenn ich dir zu nahe getreten bin.«

Die andere lächelte. »Mach dir keine Sorgen um mich. Irgendwann wird das, was mich jetzt beschäftigt, zur Vergangenheit gehören. Es ist wie im Spital. Ein Patient stirbt, man ist traurig, bedauert seine Angehörigen. Aber diese Situation gehört zum Leben, nach einer Weile vergisst man es.«

Sie waren beim Restaurant Nussbüel angekommen und bestellten, froh, an die Wärme zu kommen, einen Tee. Agnes schien Valerie nun doch etwas erleichtert zu sein. Sie plauderten über Nichtigkeiten, aßen ein Stück Kuchen, schauten hinaus in die Sonne, die bereits tief stand. Was auch immer es war, dachte Valerie, Agnes würde darüber hinwegkommen. Sie war zwar zart, aber auch stark. Was sie wohl für einen Fehler begangen hatte? Vielleicht doch am ehesten bei der Arbeit. Krankenschwestern trugen eine große Verantwortung. Zweifellos kamen ab und zu Fehler vor, wie überall. Aber in der Pflege konnten sich Fehler schlimmer auswirken, als wenn Valerie im Fahrradgeschäft an einer Reparatur etwas verbockte. Sie bezahlten und spazierten zurück zur Bahn. Beim Warten sah Valerie den Mann und das kleine Mädchen wieder. Lottes Rucksack schien voller. Wahrscheinlich trug sie das Birnbrot, das Gastgeschenk für den Besuch bei Mama und Papa. Als sie wieder im Zug saßen, piepste Valeries Handy: ein SMS von Melchior. Er lud sie zum Abendessen aus, denn »möchte mit Agnes einen Abend zu zweit verbringen. Okay?« »Sicher«, tippte Valerie zurück, »kein Problem.« Sie hoffte, er würde seine Freundin nicht in die Mangel nehmen, wie sie es heute versucht hatte, sondern es einfach ein wenig schön mit ihr haben. Sie zückte nochmals ihr Handy. »Verwöhn sie ein bisschen«, schrieb sie. Es war am Eindunkeln, als der Zug in Glarus ankam. Plötzlich hatte es Valerie eilig, nach Hause, zu ihrem Laptop zu kommen. Hatte Beat vielleicht zurückgeschrieben?

8 FEINDBILD

Am Donnerstag nach dem Mittagessen ging Zwicky die lange Burgstraße hinauf zum Spital, das an einem Hügel etwas oberhalb des Fleckens thronte. Es war kaum zehn Minuten von seinem Büro am Spielhof entfernt. Er hatte sich angemeldet, denn hier war es wohl keine gute Idee, die Leute unangemeldet zu überfallen. Einige Fragen hatte er sich notiert. Er wollte wissen, ob Doro Schuler den Arbeitskollegen erzählt hatte, was sie am Wochenende vorhatte, ob sie sich mit jemandem treffen wollte. Er hoffte auch, Namen ihrer Freunde zu erfahren, Leute, die beispielsweise wussten, ob sie Pilzsammlerin gewesen war, ob sie an Krankheiten gelitten hatte. Auch interessierte ihn, ob sie vor zehn Jahren Helen Freytag behandelt hatte, und was ein Arzt dazu sagen würde, dass die Frau im Spital keine Hilfe gesucht hatte, als sich ihre Pilzvergiftung zeigte.

Ab dem Freitagabend hatte sie frei gehabt. Aber Nachbarn hatten ausgesagt, dass beide Autos etwa um sieben Uhr abends auf dem Abstellplatz gestanden hatten. Später hatten sie nicht mehr darauf geachtet.

Sie hatten auch keine Gäste kommen sehen, obwohl das natürlich nicht hieß, dass tatsächlich niemand gekommen war. Am Samstagmorgen war der Subaru irgendwann weg gewesen, aber die Nachbarn konnten nicht sagen, ab wann. Sie hatten ihre Nachbarin auch nicht zurückkommen sehen, aber gegen Abend standen beide Wagen wieder da. Zwicky hatte das Merkblatt über Pilzvergiftungen, das ihm Rechtsmediziner Martin Stucki zugesteckt hatte, genau studiert. Doro Schuler war also am späten Samstagnachmittag noch imstande gewesen, Auto zu fahren. Vielleicht hatte sie das Pilzgericht am Freitagabend gegessen, hatte nachts ein paar Stunden unter Brechdurchfall gelitten und war dann während der Zeit, in der eine scheinbare Besserung eingetreten war, nochmals unterwegs gewesen. Anschließend hatte die Zerstörung der Leber eingesetzt. Die Frau musste sich matt und kränklich gefühlt haben und war spätestens in der Nacht von Dienstag auf Mittwoch gestorben.

Zwicky meldete sich im Spital beim Empfang. Die Sekretärin telefonierte, wartete, nickte, »Okay«.

»Sie werden mit Frau Doktor Caroni reden können, Oberärztin Radiologie. Allerdings ist sie jetzt noch beschäftigt. Auch Frau Steffen, die Leiterin Pflege, wird Ihnen Rede und Antwort stehen, ist aber gerade beim Rapport. Frau Doktor Loretz, Assistenzärztin auf der Inneren Medizin, hat ebenfalls mit Frau Doktor Schuler zusammengearbeitet und kann Ihnen vielleicht Auskünfte geben. Sie wird gleich hier sein.«

Mit raschen Schritten kam eine jüngere Frau mit rotblonden Locken im weißen Arztkittel auf den Empfang zu. Sie stellte sich im Bündner Dialekt vor, führte ihn ins Café und holte für beide einen Kaffee. »Ein eigenes Büro habe ich als Assistenzärztin natürlich nicht«, entschuldigte sie sich.

»Sie haben mit Frau Doktor Schuler eng zusammengearbeitet?

»Sie war meine Chefin.« Da war ein Unterton in Seraina Loretz' Stimme, die Zwicky aufhorchen ließ.

»Eine gute Chefin?«, fragte er spontan nach.

»Warum fragen Sie das? Was wollen Sie genau wissen über Doktor Schuler?« Sie schien etwas misstrauisch zu sein.

»Die Frau ist unter bis jetzt ungeklärten Umständen gestorben«, gab Zwicky Auskunft. »Ich weiß gar nicht genau, was ich herausbekommen muss. Alles könnte nützlich sein.«

»Denken Sie an ein Tötungsdelikt?« Die junge Frau war offenbar sehr direkt.

»Man muss es ausschließen«, rettete sich Zwicky in eine Formel, die auch in der Medizin bekannt war.

»Okay, ich verstehe«, sagte die junge Ärztin langsam. »Also gut. Nein, Doktor Schuler war keine gute Chefin. Ich empfinde auch keine Trauer über ihren Tod, muss ich gestehen.«

»Inwiefern war sie keine gute Chefin?«

»Sie war vielleicht eine gute Ärztin, das kann ich nicht beurteilen. Natürlich lerne ich viel von ihr, sie hat viel Erfahrung. Aber«, sie lachte kurz auf, »es ist kein angenehmer Prozess. Ich bin im ersten Assistenzjahr, und es ist klar, ich kann noch nicht viel. Und sie reibt mir das unter die Nase. Nicht nur mir, sie ist zu allen Assistenzärzten so. Wenn ich an einer Arztvisite oder beim Rapport eine Idee für eine Diagnose oder Behandlung habe, die falsch oder untauglich ist, macht sie mich lächerlich, vor den Kollegen, dem Pflegepersonal und dem Patienten. Wenn ich aber etwas Richtiges sage, was durchaus vorkommt, tut sie gleich so, als wäre das auf ihrem Mist gewachsen. Ich mache dieses Jahr noch fertig, und dann wechsle ich an ein anderes Spital. Wobei«, fügte sie trocken hinzu, »jetzt könnte ich ja bleiben. – Entschuldigen Sie meinen Sarkasmus.«

Seraina Loretz konnte keine Auskunft geben über Freunde oder Wochenendpläne ihrer Vorgesetzten. Er würde im Spital vermutlich kaum jemanden finden, der sie leiden konnte. »Außer vielleicht Marietta Caroni von der Radiologie.« Sie wusste aber, dass Schuler zu Magen-Darm-Verstimmungen neigte. Es komme immer mal wieder vor, dass sie deshalb ein, zwei Tage bei der Arbeit fehlte. Ob sie Pilze sammelte? – Keine Ahnung. »Vielleicht hätte sie aber damit aufgetrumpft, wenn das ein Hobby gewesen wäre«, überlegte Loretz. »Als Pilzsammler muss man ja ein profundes Wissen haben um essbare von giftigen Pilzen unterscheiden zu können. Damit hätte sie sich vermutlich in Szene gesetzt. Sie war ja auch voll des Lobes über sich wegen diesem Entwicklungshilfeprojekt in Tansania und drängte uns Informationsmaterial und farbige Prospekte auf. Aber von uns Assistenzärzten hat niemand Lust, dort eine Stage zu machen.«

Als Letztes fragte Zwicky, ob ein Arzt erkennen würde, wenn er Giftpilze gegessen hätte. »Ja zweifellos«, war Loretz' Antwort. Auch eine Ärztin, die häufig Magen-Darm-Grippe hatte? Hätte sie die beiden Krankheiten verwechseln können?

»Das glaube ich eigentlich nicht«, meinte die junge Ärztin zögernd. »Wenn solche Symptome ein paar Stunden nach einem Pilzessen auftreten, schöpft man doch sofort Verdacht und geht in die Notfallstation, um das abklären zu lassen.«

Zwicky dankte ihr, und sie eilte auf die Station zurück. Er holte sich einen zweiten Kaffee und ein Croissant. Ein paar Minuten später erschien eine große stattliche Frau Anfang sechzig. Ihr volles graues Haar war zu einem Dutt frisiert. Sie war eine attraktive Frau mit auffallend blauen Augen und leicht gebräunter Haut. Sie strahlte Kompetenz und Selbstbewusstsein aus. Das muss Katharina Steffen sein, wusste der Polizist sofort, die Leiterin Pflege. Sie kam auf ihn zu, grüßte, holte sich einen Tee und setzte sich ihm gegenüber. Entgegen dem ersten Eindruck, den sie auf ihn gemacht hatte, trat sie keineswegs streng auf. Sie hatte eine angenehme Stimme und lächelte freundlich.

»Bei uns brodelt es natürlich in der Gerüchteküche«, sagte sie. »Doktor Schuler tot – und offenbar auf etwas unzivilisierte Weise von uns gegangen. Jeder glaubt etwas zu wissen, jeder etwas anderes natürlich, und die Ankündigung, dass die Polizei uns beehren wird, hat die Stimmung noch mehr aufgeheizt. Erzähl dem Polizisten nur, was für ein Drachen sie war, ist mir mitgegeben worden. Voilà, Sie sehen, die Trauer hält sich in Grenzen. Fragen Sie mich, was Sie fragen müssen.«

Auch Katharina Steffen wusste nichts über Doro Schulers Leben jenseits des Spitals. Freunde? Pilze sammeln? Wochenendpläne? – Keine Ahnung. »Fragen Sie Doktor Caroni von der Radiologie. Die war ein bisschen mit ihr befreundet. Jedenfalls sah man sie gelegentlich zusammen Kaffee trinken oder essen.«

»Hatte Doktor Schuler Feinde?«

»Feinde – das ist ein großes Wort. Ich will nicht dramatisieren, aber sie war wirklich unbeliebt. Sie hatte so einen energischen, unverkennbaren Schritt. Sie war sehr dominant und so machte sie sich auch zurecht. Häufig trug sie auffälligen afrikanischen Schmuck, eine Halskette mit großen Steinen und einen ebensolchen Ring.« Zwicky kam das orangefarbene Sofa in den Sinn.

»Wenn man sie kommen hörte, versuchten sich die jungen Schwestern und Pfleger in Sicherheit zu bringen, und die jungen Ärzte zuckten zusammen. Sie sah sehr gut aus, aber das trug ihr kaum Bewunderung ein, sondern barg eher ein Einschüchterungspotenzial, vor allem bei den Männern.

»Und Sie, waren Sie auch eingeschüchtert von ihr?«

Andeutung eines Lächelns. »Ich hatte das nicht nötig. Sie versuchte natürlich, auch mich wie einen Lakaien zu behandeln, aber ich ließ sie – entschuldigen Sie den Ausdruck – gegen die Wand laufen. Es gibt ja leider Ärzte, die sich einbilden, sie könnten selber alles besser, was die Pflegefachleute machen. Man muss sie es dann nur ausprobieren lassen und gelassen danebenstehen – dann hat man ihren Respekt bald.«

»So ist das.« Zwicky sagte es nicht fragend, sondern als Feststellung.

Katharina Steffen nickte. »Ich erzähle Ihnen ein Beispiel, das ich kürzlich erlebt habe. Ich war daran, einer jungen Schülerin im ersten Lehrjahr zu zeigen, wie man eine Infusion legt. Die Schülerin zögerte, die Patientin zu stechen, weil sie fürchtete, die Vene nicht gleich zu treffen und der Frau Schmerzen zu bereiten. Da kam Frau Schuler hinzu. Sie schnauzte uns an, mich als inkompetente Ausbildnerin, die Schülerin als talentlose Krankenpflegerin. Sie nahm ihr die Nadel aus der Hand und stach selber. Und zwar daneben. Zweimal. Dann zuckte sie geringschätzig die Schultern, gab mir die Nadel zurück und sagte: ›Ist schließlich Ihr Job, das brauche ich Ihnen nicht abzunehmen‹, und ging davon. Die Szene war ihr nicht im Geringsten peinlich. Die Schülerin war zuerst nahe daran, in Tränen auszubrechen, aber dann schlug ihre Geknicktheit in Empörung um, und am Schluss lachten wir darüber. Jetzt ist sie schon recht gut darin, Infusionen zu legen.«

»Wie lange arbeiten Sie schon hier?«

»Dreißig Jahre. Ich habe die Ausbildung hier absolviert, war einige Jahre in Lausanne und bin dann ins Glarnerland zurückgekommen.«

»Erinnern Sie sich an eine Patientin namens Helen Freytag, die vor zehn Jahren in diesem Spital starb? Sie wurde, soviel ich weiß, mit einem geplatzten Blinddarm eingeliefert.«

»Fragen Sie mich etwas Leichteres. Ich erinnere mich nicht, aber ich könnte die Unterlagen einsehen.«

»Ich möchte wissen, ob damals Frau Doktor Schuler ihre behandelnde Ärztin war. Es gibt eine Angehörige von Frau Freytag, die behauptet, Doktor Schuler sei schuld am Tod ihrer Schwester.«

»Ach, das kommt immer wieder vor, dass Angehörige dem Spital die Schuld geben. Vielleicht ist die Trauer einfacher zu ertragen, wenn man sie in Wut verwandelt. Trauer ist ein stilles, privates Gefühl, Wut ein lautes, öffentliches. Man findet eher jemanden, der Wut mit einem teilt als Trauer. Durch die Trauer muss man allein hindurch. – Aber Doktor Schuler war mit Sicherheit nicht die behandelnde Ärztin dieser Patientin. Vor zehn Jahren war Schuler noch Assistenzärztin und arbeitete in der Anästhesie. Chirurg war zu jener Zeit … Ja, das muss Doktor Bühler gewesen sein, der damalige Ehemann von Doro Schuler. Er hat höchstwahrscheinlich jene Frau operiert.«

»Sie war verheiratet?« Das war Zwicky neu.

»Ja. Mit Betonung auf *war*. Schon lange geschieden. Sie waren beide Assistenzärzte im letzten Jahr und bewarben sich um die frei werdende Oberarztstelle in der Inneren Medizin. Doktor Schuler wurde genommen, Peter Bühler ging leer aus. Er nahm das nicht nur dem Spital, sondern auch seiner Frau übel. Kurz danach war die Ehe am Ende, und Doktor Bühler verließ Glarus.«

»Wo lebt er jetzt? Haben die beiden noch Kontakt?«

»Das weiß ich nicht. Vermutlich nicht. Die Scheidung ging damals mit einigem Getöse über die Bühne. Szenen in den Spitalfluren und so … So. Ich sollte zurück, wenn Sie nicht noch dringende Fragen haben.«

Zwicky machte sich Notizen. Ein Ex-Ehemann. Sammelte der Pilze? Hatte sie ihn besucht? Er ging zum Empfang zurück und fragte nochmals nach Marietta Caroni, der Radiologin. Die Sekretärin telefonierte nochmals. »Sie wird gleich kommen.«

Doktor Caroni war etwa fünfzig, klein, sehr schlank, exakt geschnittene Kurzhaarfrisur. Sie führte ihn in ihr Büro. Alles war aus Metall, Glas und weißem Kunststoff. Stapel von Unterlagen auf dem Schreibtisch und in den Regalen an der Wand. Aussicht auf die Berge, aber Caroni wirkte nicht so, als ob sie sich häufig dem schönen Ausblick überlassen würde.

»Ich habe eine Viertelstunde Zeit für Sie«, sagte die Ärztin freundlich, aber bestimmt.

Zwicky beschloss, sich streng an seine Fragen zu halten. »Sie waren befreundet mit Doro Schuler?«

»Nicht eng befreundet, aber wir hatten nicht nur beruflich Kontakt, sondern trafen uns auch mal in der

Freizeit. Ihr Tod berührt mich, ich mochte sie. Ich habe gehört, sie sei an einer Lebensmittelvergiftung gestorben?«

Zwicky bestätigte es und erkundigte sich nach dem letzten Wochenende.

»Ich fragte sie, ob sie Lust habe, am Samstagabend eine Pizza essen zu gehen, aber sie erklärte, sie habe schon etwas vor.«

»Sagte sie, wo und mit wem?«

»Nein, und ich fragte auch nicht.«

»Könnte sie sich mit Peter Bühler, ihrem Ex-Ehemann, getroffen haben?«

»Eher nicht. Sie hatten zwar einen losen Kontakt, weil er auch an dem Tansania-Projekt, dieser Krankenstation auf dem Land, beteiligt war. Aber ich glaube nicht, dass sie am Samstagabend zusammen ausgingen. Warum ist das überhaupt wichtig?«

Der Polizist erklärte es ihr. Sie sagte, Doro sei keine Pilzsammlerin gewesen. Von Freunden, Bekannten und Familienangehörigen wusste sie nichts. Es war schon mal der eine oder andere Name gefallen. Es gab einen Bruder, eine Freundin, die in Bern lebte, aber darüber wusste die Frau nicht genauer Bescheid. »Wie gesagt, wir waren nicht eng befreundet, redeten meist über Berufliches. Aber wir verstanden uns ganz gut.«

Auch sie war der Meinung, dass ein Arzt erkennt, wenn er eine Pilzvergiftung entwickelt, und fand es seltsam, dass Doro sich zu Hause nur mit Medikamenten gegen eine Magen-Darm-Grippe behandelt hatte.

»Warum ist das alles so wichtig?«

»Einem ungeklärten Todesfall müssen wir nachgehen«, erklärte Zwicky.

»Sie denken doch nicht etwa an ein Tötungsdelikt oder an Selbstmord?«

Er zuckte die Schultern. »Ich will herausfinden, was genau zu ihrem Tod geführt hat.«

Dann fragte er nach dem Projekt in Tansania. Darüber wusste Marietta Caroni einiges. Doro Schuler und ihr damaliger Mann hatten es vor gut zehn Jahren gegründet. Auf einer Ferienreise hatten sie gesehen, wie schlecht die Gesundheitsversorgung in jener Gegend war. Deshalb hatten sie in Zusammenarbeit mit einheimischen Ärzten und Pflegepersonal eine Krankenstation, ein Ambulatorium eingerichtet, das eine einfache medizinische Versorgung anbot. Doro und Peter engagierten sich finanziell und organisatorisch, und sie arbeiteten auch mehrere Wochen im Jahr dort, behandelten Patienten und bildeten Krankenschwestern aus.

»Es ist wirklich eine gute Sache«, fasste Doktor Caroni zusammen, »sie hat sich dort mit Herzblut engagiert. Ich war auch einmal zwei Wochen dort und habe Patienten untersucht. Aber ins Projekt einsteigen wollte ich nicht. Ich vertrage die Hitze schlecht – und, ehrlich gesagt, ich hätte Doro nicht als Chefin haben wollen. Ich verstehe mich im Café, in einer Pizzeria oder auf einer Wanderung ganz gut mit ihr, aber bei der Arbeit ist sie – oder war sie – schon ein wenig … schwierig, würde ich mal sagen.«

»Mit Peter Bühler arbeitete sie in diesem Hilfsprojekt gut zusammen?«

»Na ja, sie vermieden es möglichst, gleichzeitig dort zu sein. Aber wenn sie etwas entscheiden und unternehmen mussten, rauften sie sich schon zusammen, da beiden die Krankenstation sehr am Herzen lag. – Leider muss ich Sie jetzt verabschieden, ich habe einen Termin.«

Zwicky war zufrieden. Wenn er auch noch nicht wusste, was es mit dem Tod der Ärztin auf sich hatte, hatte er doch einiges über ihre Persönlichkeit erfahren. Und er würde mit ihrem Ex-Mann Kontakt aufnehmen. Er ging ins Büro, schrieb einen Bericht und fügte der Liste von Fragen, die er Streiff stellen wollte, noch einige hinzu.

9 SIE AUCH?

Dann beschloss er, nicht länger nachzudenken, sondern nach Hause zu gehen. Agnes war bestimmt zu Hause, und er wollte ausgiebig Zeit haben für sie. Er schickte Valerie ein SMS, sie sei heute Abend ausgeladen. Das würde sie zweifellos verstehen und nicht übel nehmen, was sie auch umgehend bestätigte. »Verwöhn sie ein bisschen«, schrieb sie ihm als Nachtrag. Genau das hatte er vor. Auf dem Heimweg kaufte er zwei Steaks, Salat, eine Flasche Rotwein und ihren Lieblingsnachtisch, eine Glarner Pastete. Das war eine luftige Süßigkeit aus Blätterteig mit Mandel- und Zwetschgenfüllung, das Ganze mit reichlich Puderzucker bestreut.

Der Tisch war gedeckt, und Melchior stand in der Küche, als Agnes heimkam. Sie freute sich, gab an, einen Bärenhunger zu haben. Ihr Freund lachte, wies auf die großen, dicken Steaks und schob ein Blech mit Pommes frites in den Backofen. Der Salat war schon gewaschen, die Weinflasche geöffnet. Agnes verschwand im Bad, um sich frisch zu machen und umzuziehen. Kam in einem Kleid aus einem weichen tannengrünen Stoff zurück, und er erschnupperte einen Hauch Parfum. Sie wirkte gelöst. Er schenkte ihr und sich ein halbes Glas Wein ein, und sie stießen an. Das Öl in der Bratpfanne war heiß, und Melchior warf das Fleisch hinein, salzte und pfefferte es. Dann machte er sich an die Salatsoße.

»Nein, du musst nichts helfen«, beschied er seiner Freundin, die sich zufrieden an den Tisch setzte und am Wein nippte.

»Das ist ja wie Ferien«, lächelte sie. »Zuerst der Ausflug mit Valerie in die Höhe, und jetzt das schöne Essen mit dir. Sie wollte übrigens nicht mitkommen.«

»Nein«, grinste er, »weil ich sie nämlich ausgeladen habe. Ich wollte wieder mal einen Abend Zweisamkeit mit dir.«

Er wendete die Steaks, goss die Soße über den Salat, zog das Backblech mit den knusprigen Pommes frites aus dem Ofen und ließ sie in eine vorgewärmte Schüssel gleiten, salzte sie, nahm einen Schluck Wein, stellte Frites und Salat und eine Flasche Wasser auf den Tisch, goss in beide Gläser nochmals Wein, wandte sich wieder den Steaks zu, legte sie auf eine Platte, die er auf den Tisch stellte und setzte sich zu Agnes.

»Du bist ja ein Profi«, bewunderte sie ihn. »Wenn du einmal nicht mehr Polizist sein magst, eröffnen wir ein kleines Restaurant, und du bist der Koch.« Sie bedienten sich und begannen zu essen.

»Habt ihr es schön gehabt, Valerie und du?«, wollte Melchior wissen.

»Ja, sehr«, sagte Agnes. Sie erzählte von der Wanderung ins Nussbüel, von Valerie, die den Blick aufs Bergpanorama genossen hatte, von der Ruhe und dem Gefühl von Frieden, das sie empfunden hatte. Ihr Freund war froh, das zu hören. Würde es ihr nun besser gehen? Er hatte nicht vor zu fragen, wollte die entspannte Stimmung nicht gefährden.

»War es sonnig?«

»Ja, zum Teil schon.«

»Man sieht es«, neckte er sie. »Du hast ein gerötetes Näschen.«

Agnes hatte eine sehr helle, sonnenempfindliche Haut, die nicht bräunte, sondern sich rötete, wenn Agnes sich nicht schützte.

»Ach«, lachte sie, »ich hab's im Bad gemerkt, war aber zu faul, es mit Make-up abzudecken. Weil es schon November ist, vergaß ich, eine Sonnencreme einzupacken.« Sie pickte mit der Gabel ein paar Pommes frites auf und schob sie in den Mund.

»Macht nichts, du siehst süß aus«, versicherte er und säbelte einen ordentlichen Bissen von seinem Steak ab.

»Der Tag hat mir gutgetan«, sagte sie, für einen Moment nachdenklich, schaute an Melchior vorbei aus dem Fenster auf den von der Straßenlampe beleuchteten Vorgarten. Dann, mit einem kleinen Seufzer: »Morgen habe ich wieder Frühschicht. Weil Susanna krank ist, muss ich einspringen und habe nur einen Tag frei.«

Sofort kam Melchior das Spital wieder in den Sinn.

Er stutzte. Vermutlich wusste Agnes noch gar nichts von Doktor Schulers Tode. Gestern, als er sie gefunden hatte, hatten sie sich nur kurz gesehen, weil Agnes Spätschicht gehabt hatte, und heute Morgen war er bereits aus dem Haus gewesen, als sie aufgestanden war. Vom ganzen Aufruhr im Spital hatte sie noch nichts mitbekommen.

»Wie war denn dein Tag?«, fragte sie in diesem Moment und nahm eine Gabel Salat.

Einen Augenblick lang zögerte er. Würde sich ihre Stimmung wieder verdüstern, wenn sie von dem neuen Todesfall hörte? Aber er konnte es ihr nicht verschweigen, morgen würde sie es ohnehin erfahren. Vermutlich würde ihr der Tod dieser Ärztin nicht besonders nahe gehen, denn sie arbeitete in der Chirurgie, nicht in der Inneren Medizin.

»Du kanntest Doktor Schuler?«, begann er. Sie nickte. »Sie ist tot«, sagte er, »vermutlich in der Nacht von Dienstag auf Mittwoch verstorben.«

»Was?«, flüsterte Agnes. »Warum?«

Melchior erzählte es ihr.

»Sie auch?« Agnes schien völlig geschockt. »Gestorben, ohne dass man weiß, wie und warum?« Sie war ganz weiß geworden. »Sie auch?«, wiederholte sie mit einem Entsetzen in der Stimme, das Melchior beunruhigte, das er nicht verstand.

»Was meinst du denn mit ›sie auch‹? Kennst du noch jemanden mit einer Pilzvergiftung?«, fragte er vorsichtig nach.

Sie schien es nicht gehört zu haben. Gab ihm einen angsterfüllten Blick. »Wie Matthias Freytag.«

»Aber der ist doch …«, wandte Melchior ein.

»… auch allein gestorben, ohne dass man sagen kann, warum und wie genau. Du selber hast gesagt, es könnte ein Unfall, ein Suizid oder ein Tötungsdelikt gewesen sein. Und bei Doktor Schuler ist es jetzt genau gleich.« Sie verkrampfte die Hände ineinander, senkte den Blick, verharrte regungslos. Dann schlug sie die Hände vors Gesicht und weinte lautlos. Ihre Schultern zuckten.

»Hey, Mädchen, was ist denn los?« Melchior fasste sie um die Schulter. »Warum ist das so schrecklich für dich?«

Sie fasste sich und trank einen großen Schluck Wein, lehnte sich im Stuhl zurück, atmete tief aus und griff nochmals zum Weinglas. »Schenk mir nochmals ein, bitte.«

»Komm, sag mir, was du hast«, drängte er. »War Doktor Schuler auch zu dir bösartig? Ich habe heute mit Spitalmitarbeiterinnen gesprochen, und sie haben mir nicht viel Gutes berichtet.«

Agnes nickte. »Ja, das ist es. Als ich vor zehn Jahren hierherkam, hatte ich erst vor Kurzem meine Ausbildung abgeschlossen, und ich konnte nicht gut Deutsch. Und sie, sie ließ es mich spüren, dass ich eine Anfängerin war. Hielt mir meine Fehler vor, kritisierte mich, wenn ich etwas nicht oder falsch verstanden hatte. Ahmte meinen Akzent nach.«

»Aber das ist doch längst vorbei«, tröstete Melch. »Jetzt bist du eine gute, erfahrene Krankenschwester, du kannst prima Deutsch und verstehst sogar Dialekt. Und du arbeitest auf einer anderen Station als Schuler.«

»Ja, das stimmt«, sagte Agnes müde. »Aber wenn ich ihr begegne, schaut sie mich geringschätzig an und sagt spöttisch ›Hello dear, how are we today?‹«

»Ich verstehe, dass dich das kränkt. Aber warum hat dich die Nachricht so verängstigt? Und warum kommt dir der Tote vom Tierfehd in den Sinn? Die hatten doch gar nichts miteinander zu tun.«

»Nein, ich weiß. Aber mir hat damals Herr Freytag so leid getan. Mir schien, er habe mit dem Tod seiner Frau alles verloren, was er hatte, was für ihn im Leben zählte. Ich war damals traurig, weil ich noch nicht viel Erfahrung hatte. Jetzt lasse ich Sterbefälle nicht mehr so nah an mich herankommen. Aber Herr Freytag ist mir geblieben. Dass er auf so traurige Weise gestorben ist, ist – es ist nicht gerecht, es sollte nicht so sein«, schloss sie hilflos.

Melchior ließ nicht locker. »Warum macht dir der Tod von Doro Schuler Angst?«

»Nein, nein«, winkte sie ab, »es war nur ein Moment, in dem mir diese Ähnlichkeit der Todesumstände der beiden unheimlich war. Als gäbe es eine Macht, die hier die Fäden zieht. Als gäbe es eine gemeinsame Ursache.« Sie schien in diesem Moment ganz abwesend zu sein, als ob sie sich selber nicht zuhörte. Dann schrak sie auf, es kamen wieder Tränen. »Ich erzähle Unsinn, ich habe zu viel getrunken. Gib mir noch was.«

Er schenkte nochmals ein. Sie schaute aus dem Fenster, und er betrachtete sie. Er wurde nicht schlau aus ihr. Sagte sie die Wahrheit, oder versuchte sie, was in ihr vorging, zu bemänteln? Wusste, vermutete, ahnte sie irgendetwas? Warum vertraute sie sich ihm nicht an?

»Willst du noch ein bisschen essen?«

»Ich mag nicht mehr. Ich esse es morgen. Oder nimm du es.«

»Vielleicht ein kleines Stück Glarner Pastete?«, versuchte er sie zu ködern.

Sie lächelte, aber ihr Blick blieb verhangen. »Also gut. Ein Stückchen. Du bist lieb.«

Er machte Tee und servierte den Kuchen. Sie kaute tapfer, schien ihn nicht hinunterzubringen, half mit Tee nach. »Es tut mir leid, dass ich den Abend ruiniert habe«, flüsterte sie. »Ich habe mich wirklich gefreut, dass du gekocht hast.«

»Schon gut«, murmelte er, ganz nah bei ihr. Aber nichts war gut. Sie verbarg etwas vor ihm. Sie gab sich jetzt Mühe, ruhig zu sein, so zu wirken, als ob sie sich gefangen hätte. Er glaubte ihr nicht. Nimm sie, wie sie ist, hatte ihm Valerie geraten. Etwas anderes blieb ihm nicht übrig. Vielleicht würde sie sich irgendwann öffnen. Sie tranken Tee, Agnes aß ein zweites winziges Stückchen Pastete und ging dann zu Bett. Sie schlief rasch ein. Oder stellte sie sich nur schlafend? Melchior fühlte sich plötzlich so unsicher ihr gegenüber.

Er hatte gedacht, er habe sie in den zwei Jahren ihrer Beziehung gut kennengelernt, hatte gemeint, sie vertraue ihm. Und jetzt?

Er stieg zu Valerie hinauf, die am Lesen war. Sie sah gleich, dass der Abend schief gelaufen war. Er erzählte nur wenig, fragte, wie ihr gemeinsamer Tag verlaufen sei. Valerie erzählte, obwohl sie sich einen Moment fragte, ob dies ein Vertrauensbruch war, von ihrem Gespräch, von Agnes' Angst, einen schlimmen Fehler begangen zu haben, der nicht wiedergutzumachen war. Das half Melchior nicht weiter. Er verabschiedete sich bald wieder und legte sich neben Agnes ins Bett, legte seine Hand auf ihren warmen Arm. Was für einen Fehler glaubte sie begangen zu haben? Was gab es für einen Grund, ihn für sich zu behalten? Schuldgefühle? Scham? Oder war es gar etwas, was ihre Aufenthaltsgenehmigung in der Schweiz gefährden könnte?

10 HELEN

Am Freitagvormittag fuhr Melchior Zwicky ein weiteres Mal nach Ziegelbrücke. Er hatte sich nochmals mit André Freytag verabredet. Freytag hatte eingewilligt, dass der Polizist sich in der Wohnung seines Bruders umschauen würde, und er war auch zu einem zweiten Gespräch über Matthias bereit. Ihm lag viel daran, dass die Umstände des Sterbens von Matthias geklärt wurden.

Nun saßen sie in der kleinen Wohnküche seiner Wohnung. Sie sah so aus, als ob es der Bewohner mit dem Putzen nicht so genau genommen hätte. Schmutzige Teller im Ausguss, klebrige Flecken auf dem Boden. Die Tassen, aus denen André Freytag und Zwicky Kaffee tranken, hatten abgesplitterte Stellen. Entweder hatte Matthias nicht besonders Sorge getragen dazu, oder er hatte sie schon in diesem Zustand im Secondhandgeschäft gekauft. Den Kaffee hatte André mit einer altmodischen Espressokanne auf dem Herd gemacht; er war gut. Milch gab es keine, was Zwicky heimlich bedauerte.

»Erzählen Sie mir mehr über Ihren Bruder«, bat er

André Freytag. »Was war er für ein Mensch? Sie sind zusammen aufgewachsen.«

Freytag überlegte eine Weile. »Matthias war fünf Jahre älter als ich. Zu alt, um ein Spielgefährte zu sein. Er interessierte sich kaum für mich, beachtete mich nicht groß, solange wir Kinder waren. Er brauchte mich nicht. Für mich hingegen war er der bewunderte ältere Bruder, der fast schon zu den Erwachsenen gehörte, der alles wusste, alles konnte. Ich wäre auch gern so gewesen wie er.«

Er runzelte die Stirn, lächelte. »Das war halt die Perspektive eines kleinen Jungen. Vermutlich schätzte er meine Bewunderung schon irgendwie. Jedenfalls war er nie gemein zu mir oder spielte seine größere Körperkraft aus, was ja ältere Geschwister oft tun. Mein Verhältnis zu ihm änderte sich, als ich älter wurde. Ich selbst verbrachte meine Freizeit meist in einer Gruppe von Kindern, wir spielten Fußball, gingen in den Wald, schauten im Fernsehen Kindersendungen. Irgendwann wurde mir bewusst, dass Matthias ziemlich allein im Leben stand. Da war ich etwa zwölf, er siebzehn. Er machte keinen Sport, ging nicht in die Disco, hatte kaum Freunde, keine Freundin, hörte nicht die Musik, die angesagt war. Er erschien mir nicht mehr groß und stark, sondern ich nahm wahr, dass er manchmal linkisch und verlegen war. Ich wunderte mich über ihn.

Später fühlte ich mich eine Zeit lang ihm überlegen. Tatsächlich hatte ich als Erster von uns zwei Brüdern eine Freundin. So was ist in diesem Alter natürlich wichtig. Aber ihm schien das egal zu sein, er neidete mir die Freundin nicht, er war einfach auf einer anderen Schiene.«

»Hatten Sie mehr Kontakt, als Sie älter wurden? Ließ Matthias Sie teilhaben an dem, was in ihm vorging? Erkannten Sie so etwas wie depressive Verstimmungen?«

»Wenn man älter wird, nimmt die Bedeutung des Altersunterschieds ab, man kommt sich schon dadurch näher. Wir redeten zum Beispiel über seinen Beruf und über meine Ausbildung. Bibliothekar war sicher der ideale Beruf für ihn, Bücherwurm, der er war. Er entwickelte damals ein Faible für Fremdsprachen, begann nach dem Französisch und Englisch in der Schule mit Italienisch. Er erklärte mir sprachliche Finessen, verglich Italienisch mit Französisch. Für solche Dinge konnte er sich wirklich begeistern. Aber unsere Gespräche blieben auf dieser Ebene, wir öffneten einander nicht unser Herz, diesen Wunsch hatten wir beide nicht. Vielleicht ist das bei Mädchen anders. Als deprimiert habe ich ihn eigentlich nicht erlebt – bis zu Helens Tod. Kommen Sie.«

Freytag führte Zwicky ins Wohnzimmer. »Schauen Sie.« An der Wand neben dem Fenster hingen einige Fotos. Ein Porträt von Helen. Sie hatte weiche Gesichtszüge, ein herzförmiges Gesicht, war nicht eigentlich hübsch, aber wirkte sympathisch und freundlich. Sie hatte eine helle Haut und blondes Haar. Andere Fotos zeigten Helen und Matthias zusammen. Ferienfotos in einer Berglandschaft, vor einer Meeresküste oder vor dem Münster einer Großstadt. Sie lächelten in die Kamera, wirkten zuweilen sogar übermütig.

Zwicky ließ seinen Blick durch den Raum schweifen. Ein mächtiges Bücherregal nahm eine ganze Wand ein. Hunderte und Aberhunderte von Büchern. Romane in den verschiedensten Sprachen, Lyrik, Biografien, Bildbände über Pflanzen, Sachbücher, viele Sprachlehrbücher und umfangreiche Wörterbücher, eine lange Reihe CDs mit klassischer Musik. Freytag war seinem Blick gefolgt. »Das war seine Welt. Bücher, Sprachen, Musik.« Die Musikanlage stand in einer Ecke, einen Fernseher sah Zwicky nicht. Ein Sofa gab es nicht, nur einen Lesesessel. Eine schmale Glastür führte auf einen kleinen Balkon, der leer war. Ein Blumenkistchen mit einer vertrockneten Geranie hing am Geländer. Zwicky trat nochmals vor die Fotos.

»Matthias war über zwanzig, als er Helen kennenlernte. Sie kam in die Bibliothek, in der er arbeitete. Sie war seine erste Freundin und, soviel ich weiß, die einzige Frau, mit der er eine Beziehung hatte.«

»Seit ihrem Tod hatte er keine Freundin mehr?« Sie setzten sich an den Esstisch.

»Nein. Auf Helen ließ er sich ein. Bei ihr war er nicht einsilbig, sondern heiter und gelöst. Bestimmt taten ihm die Wärme und Gelassenheit gut, die sie ausstrahlte. Schon nach einem Jahr heirateten sie. Vorher war Matthias allein gewesen, aber nicht einsam. Das Alleinsein war sein natürlicher Zustand. Aber nach

Helens Tod wurde er einsam. Das Alleinsein hatte nun eine andere Bedeutung. Deshalb schlug ich ihm vor, nach Ziegelbrücke, in unsere Nähe, zu ziehen, und er nahm mein Angebot an, fand hier auch eine Stelle. Er redete nicht über Helens Tod. In den ersten Jahren hier war er einfach noch zurückgezogener und schweigsamer als früher. Aber mit der Zeit taute er etwas auf. Als Kind hatte er mich nicht gebraucht, aber jetzt hatte er mich nötig. Das freute mich. Er schloss sich uns nicht allzu nahe an. Einmal pro Woche aß er abends bei uns, gelegentlich kam er mit uns auf einen Wochenendausflug. Was menschliche Nähe angeht, war er sehr genügsam. Meine ältere Tochter Laila, die Elfjährige, hatte ihn sehr gern. Sie ist lebhaft und brachte es ab und zu fertig, ihn aus der Reserve zu locken. Die jüngere hingegen, Doris, hatte Respekt vor ihm, hielt ein wenig Distanz. Ich hatte eigentlich den Eindruck, er sei soweit zufrieden mit seinem Leben.«

»Hatte Matthias Feinde? Gab es Menschen, mit denen er sich zerstritten hatte? Vielleicht in der Vergangenheit?«

»Ja, da gab es etwas. Das war ein, zwei Jahre nach Helens Tod, kurz bevor er zu uns zog. Es war sehr unangenehm und ein weiterer Grund, dass Matthias froh war, von Glarus wegzukommen.«

Zwicky schaute ihn fragend an.

»Es war ein Konflikt in der Bibliothek, in der Matthias arbeitete. Es ging um einen Magaziner, also um einen, der zurückkommende Bücher im Magazin versorgt. Er war neu, noch in der Probezeit. Matthias stellte fest, dass er schlampig arbeitete, Bücher nicht an den richtigen Ort zurückstellte. Und es ist ja so: In einer Bibliothek ist ein verstelltes Buch ein verlorenes Buch. Unsorgfältigkeit bei der Arbeit vertrug mein Bruder nicht, da kannte er kein Pardon. Er liebte Bücher. So meldete er den Vorfall der Direktion, und der Mitarbeiter wurde sofort entlassen.«

»Das nahm er Herrn Freytag sehr übel?«

»Ja. Er war schon über fünfzig, in einem Alter, in dem man nicht so leicht wieder eine Stelle findet. Soviel ich weiß, war er vorher längere Zeit arbeitslos gewesen. Er belästigte Matthias auf der Straße, drohte ihm Rache an. Das ging so weit, dass Matthias die Polizei rief.«

Der Polizist notierte sich den Namen des Mannes. Hans Aebli. Dann wechselte er das Thema.

»War Ihr Bruder in bestimmten Situationen oder Zeiten aggressiv, unbeherrscht? Wie reagierte er, wenn man ihn verletzte oder beleidigte? Ich kann seinen Charakter, wie Sie ihn schildern, nicht in Deckung bringen mit den Umständen seines Todes, mit seinem Verhalten in seiner letzten Nacht.«

Freytag überlegte. »Er hatte keine Wutanfälle, er konnte sich immer kontrollieren. Aber er war nachtragend. Er verhärtete sich gegen Menschen, die ihn gekränkt hatten, und zwar für immer. Er war dann von einer kalten Höflichkeit. Man konnte ihm nichts vorwerfen, aber es war dann nicht mehr lustig in seiner Gegenwart. Ein Nachbar von uns machte einmal einen leicht boshaften Witz über ihn in seiner Gegenwart, den er nicht vertrug. Das hat er ihm nie verziehen.«

»Worüber machte er sich denn lustig?«

»Ach, es ging darum, dass Matthias so ein Eigenbrötler war. Ich glaube, er hat ihn einen ›Hagestolz‹ genannt, er wusste ja nichts von Helen. Aber Matthias ging das zu nahe, für ihn war dieser Nachbar gestorben.«

»Wie reagierte er, wenn jemand Helen beleidigte?«

»Das kam kaum vor. Alle mochten Helen. Das Negativste, was man über sie sagen konnte, war, dass sie temperamentlos war, vielleicht ein wenig langweilig. Aber das hätte ich natürlich niemals ausgesprochen.«

»Wie hätte er reagiert?«

»Vielleicht hätte er dann die Beherrschung verloren. Helen war sein Alles. Ich weiß nicht, ob Matthias heftige, auch aggressive Gefühle in sich verschloss. Aber falls sie da waren und wenn sie einmal aus ihm herausgebrochen wären, dann sicher, wenn es um Helen gegangen wäre. Ihre Krankheit, ihr Tod waren furchtbar für ihn.«

Zwicky ging zum Telefon, drückte darauf herum, notierte sich die Nummern der letzten ein- und ausgehenden Anrufe. Dann warf er einen Blick ins Schlafzimmer. Ein schmales Bett, ein Nachttischchen mit einem Stapel Bücher drauf, darunter ein Band, der Zwicky eine Sekunde lang auffiel. Daneben stand ein billiger Kleiderschrank. Auch dort an der Wand ein

Bild seiner Frau. Im winzigen Arbeitszimmer stand ein Tisch, darauf ein Laptop, davor ein unbequem aussehender Stuhl. Wenn er am Tisch saß, hatte er Ausblick aus dem Dachfensterchen. Zwicky öffnete die Tischschublade und zog ein Heft mit einem festen Einband hervor. Er öffnete es, blätterte. Es war halb voll mit handgeschriebenen Eintragungen in kyrillischer Schrift. Es schien eine Art Tagebuch zu sein, da über jedem längeren oder kürzeren Eintrag ein Datum vermerkt war. Die Eintragungen hatten vor einigen Jahren begonnen, die letzte war eine Woche her.

»Kennen Sie dieses Heft?«

André war überrascht. »Nein, das habe ich noch nie gesehen.«

»Offenbar wollte er nicht preisgeben, was er aufschrieb.«

»Ja, Verschlossenheit war seine Art.«

»Hatte Ihr Bruder ein Geheimnis?«

Freytag zuckte ratlos die Schultern. »Das weiß ich nicht. Natürlich behielt er vieles für sich. Aber ein Geheimnis? Er führte ein doch eher ereignisarmes Leben, war oft zu Hause. Ich bezweifle, ehrlich gesagt, dass in seinem Leben Geheimnisse Platz hatten.«

Zwicky schaute ihn nur an.

Freytag wurde unsicher. »Klar, man kann sich täuschen. Die unauffälligsten Menschen können ein Doppelleben führen. Aber ich kann mir das bei Matthias nicht vorstellen. Was hätte er zu verbergen gehabt?«

»Darf ich das Heft mitnehmen?«

»Ja. Wenn Sie es entziffert haben, möchte ich aber erfahren, was drin steht. Und ich möchte es dann auch wieder zurückhaben.«

Zwicky versprach es. Er machte Anstalten, sich zu verabschieden, hielt inne. »Noch eine letzte Frage. War Ihr Bruder in der letzten Zeit vor seinem Tod verändert?«

»Mag sein«, meinte Freytag zögernd. »Vielleicht noch etwas zurückgezogener als sonst. Ja, er wirkte manchmal abwesend, war in Gedanken versunken. Bedrückt. Man musste ihn zweimal ansprechen, bis er einen hörte. Ich vermutete, dass er mehr an Helen dachte, weil sich ihr Tod bald zum zehnten Mal jährte. Dass er sie wieder vermisste. Aber dann wirkte er plötzlich anders. Gelassen und bestimmt. Als ob er einen Entschluss gefasst hätte. Vielleicht hatte er sich dafür entschieden, sich nicht in der Vergangenheit zu verlieren, sondern sich wieder der Gegenwart zuzuwenden. Aber das ist natürlich nur meine Interpretation.«

11 AUGENWASSER

Den Artikel in der »Südostschweiz« sah Melchior Zwicky erst, als er nachmittags in sein Büro kam. Der Titel in fetten Buchstaben: »Ärztin tot aufgefunden – Mord?« Er seufzte. Das war also aus der dürren Medienmeldung geworden, die er gestern noch herausgegeben hatte. Autor war Kaspar Beglinger, von dem er schon andere Artikel gelesen hatte. Ein junger Ehrgeizling, der jetzt noch bei der Regionalnachrichtenredaktion war, aber wohl höhere Ambitionen hatte. Er hatte bei anderen Fällen auch schon bei der Polizei Informationen einholen wollen, aber Zwicky hatte ihn jeweils ziemlich barsch auflaufen lassen. Er mochte schon Beglingers durchdringende Stimme nicht, den triumphierenden Tonfall, die Häme, wenn er auf anderem Weg etwas herausgefunden hatte und es dem Polizisten unter die Nase rieb. Zwicky wünschte, er würde irgendwo Auslandskorrespondent oder zumindest zur »Basler Zeitung« abwandern. Vermutlich könnten sie ihn dort aber höchstens für die Seite »Unglücksfälle und Verbrechen« brauchen. Bei einem Kaffee nahm er sich die Zeitung vor. »Am Mittwochmorgen«, begann der Artikel, »ist die Oberärztin Dorothea Schuler vom Kantonsspital Glarus in ihrem Haus tot aufgefunden worden. Gestorben ist sie dem Vernehmen nach an einer rätselhaften Lebensmittelvergiftung.« Aha, registrierte der Polizist, das mit den Pilzen hat er nicht herausgefunden. »Wie kann es sein«, fragte der Journalist, »dass sich eine Ärztin nicht zu behandeln weiß, wenn sie etwas Verdorbenes gegessen hat?« Genau das frage ich mich eben auch, kommentierte Zwicky im Stillen. »Hat vielleicht jemand nachgeholfen?« Das musste ja kommen, reißerisch, wie Beglinger es liebte. Es folgte eine Charakterisierung von Schulers Persönlichkeit: autoritär, ohne Einfühlungsvermögen und Sozialkompetenz, rechthaberisch. War wohl nicht schwierig zu recherchieren. Vielleicht war Beglingers Mutter, der Nachbar oder er selbst einmal im Spital gewesen und hatte Doktor Schulers ruppige Behandlung über sich ergehen lassen müssen. »Sie hatte zweifellos eine ganze Reihe von Feinden«, bilanzierte der Journalist. »Hat jemand sie so gehasst, dass er ihr ein zehn Tage altes Thunfischbrötchen anbot?«

Neuer Abschnitt. Jetzt wurde es interessanter. Kaspar Beglinger hatte tatsächlich recherchiert. Er hatte mit mehreren ehemaligen Patienten und ihren Angehörigen gesprochen. »Frau Maria S. aus Mitlödi erzählte uns: ›Mein Mann war eines Nachmittags beim Holzspalten im Schopf hinter dem Haus zusammengebrochen und notfallmäßig ins Spital eingeliefert worden. Herzinfarkt. Ich machte mir die größten Sorgen um ihn, hatte Angst, er würde mir sterben. Er ist doch noch gar nicht so alt, erst siebenundsechzig. Ich ging ihn besuchen, und da lag er im weiß bezogenen Bett, mit Schläuchen überall, ganz bleich. Er hatte die Augen ein wenig offen, aber er hat nichts gesagt. Es drückte mir schier das Herz ab. Ich sagte der Schwester, ich wolle unbedingt mit der Ärztin reden. Sie gab mir Bescheid, ich könne vor dem Büro von Doktor Schuler warten, sie werde mich gleich holen. Ich saß da also auf dem Wartebänkchen – und zwar eine geschlagene Stunde. Eine Stunde ließ die mich warten! Einmal kam die Schwester vorbei, ich fragte sie, wo die Ärztin sei. Bei einem Notfall? Sie zuckte nur die Schultern. Plötzlich ging die Tür auf, und Doktor Schuler erschien. Sie war also die ganze Zeit in ihrem Büro gewesen und hatte wohl gemütlich Papierkram erledigt, während ich halb tot vor Kummer war. Sie bat mich herein, aber nicht freundlich, gab mir nicht einmal die Hand. Ich bekam das Gefühl, eine lästige Bittstellerin, ein Störenfried zu sein.‹ Frau S.«, kommentierte Beglinger dazwischen, »steigen bei dieser schmerzhaften Erinnerung wieder die Tränen in die Augen, obwohl dieses unschöne Vorkommnis schon zwei Jahre zurückliegt.« Dann ließ er die Frau weitererzählen. »›Ich hatte so viele Fragen. Was hat er überhaupt? Wird er wieder gesund? Wie lange muss er im Spital bleiben? Aber Frau Doktor Schuler ging auf meine Anliegen nicht ein. Sie redete in medizinischen Fachausdrücken, die ich nicht verstand. Ich kam überhaupt nicht draus.

Sie sprach auch so schnell, ich konnte nicht dazwischenfragen. Sie schaute mich kaum an, hatte den Blick immer auf die Unterlagen gerichtet. Und sie nahm sich kaum Zeit für mich. Nach zehn Minuten stand ich wieder draußen, ein Durcheinander im Kopf und wusste so viel wie vorher. Schrecklich war das.‹«

Das sei bei Weitem nicht der einzige Vorfall gewesen, schrieb Kaspar Beglinger, in dem die Ärztin Dorothea Schuler einen schlechten Eindruck gemacht, ihre Pflichten geradezu vernachlässigt habe. Er gab das Wort Fridolin Z. aus Ennenda. »›Vor fünf Jahren war es, da musste ich wegen einer Magengeschichte ins Spital. Ich müsse nicht lange bleiben, hieß es; nur ein paar Tage. Das ist wichtig für mich als Bauer. Wer macht sonst die Arbeit? Der Sohn kann neben seiner Stelle als Zimmermann nicht alles übernehmen. Frau Doktor Schuler gab mir ein Medikament gegen die Übelkeit und die Schmerzen. Aber von diesen Tabletten wurde mir schwindlig. Ich sagte es ihr bei der Visite. Bis ich es ihr nur schon begreiflich machen konnte! Sie fragte zwar, wie es mir gehe, sprach aber gleich weiter, hörte gar nicht zu. Erst als ein junger Arzt, der dabeistand, bemerkte, Herr Z. wolle glaub etwas sagen, kam ich zu Wort. Aber sie nahm es nicht ernst. Ich müsse mich halt an das Medikament gewöhnen, das könne man jetzt nicht grad wieder absetzen, sagte sie. Gleichzeitig warf sie dem jungen Arzt einen bösen Blick zu. Und schon war die ganze Equipe beim nächsten Bett. Aber mir war weiterhin schwindlig. Einmal, als ich auf dem

Weg zur Toilette war, stürzte ich und schlug mit dem Kopf hart auf. Ergebnis: ein gebrochenes Nasenbein und eine Gehirnerschütterung. Da musste ich natürlich grad einige Tage länger im Spital bleiben. Glauben Sie, Frau Doktor Schuler habe mit ein bisschen Mitgefühl reagiert? Zugegeben, dass man das Medikament wechseln müsse? Nein, die nicht. Sie sagte bloß unwirsch, ich hätte halt vorsichtiger sein müssen. Ehrlich gesagt, mir kam fast das Augenwasser.‹ Erschüttert hält Fridolin Z. inne«, kommentierte der Journalist, »die Herzlosigkeit dieser Ärztin schmerzt ihn noch heute.«

Melchior Zwicky musste Beglinger wider Willen etwas Abbitte tun. Der Artikel kam zwar etwas pathetisch daher, drückte auf die Tränendrüsen, aber der Journalist hatte nicht einfach fantasiert, sondern Fakten und Aussagen gesammelt. Er hatte dem Bild, das sich Zwicky von Schuler gemacht hatte, weitere Facetten hinzugefügt: ungeduldig, ohne Einfühlungsvermögen. So machte man sich in der Tat keine Freunde. Dennoch schloss der Polizist es aus, dass ein ehemaliger Patient Doro Schuler vergiftet hatte. Er hatte nicht vor, die Alibis von Maria S. und Fridolin Z. zu überprüfen.

Er überflog ohne großes Interesse den letzten Abschnitt des Artikels. Zum Abschluss ging Beglinger – wie erwartet – wieder einmal auf die Polizei los, die nicht zügig ermittelte, keine Resultate vorweisen konnte etcetera, etcetera. Sarkastisch erwog Zwicky, Kaspar Beglinger eine Ausbildungsstelle bei der Polizei anzubieten. Der würde noch auf die Welt kommen.

Plötzlich kam ihm etwas in den Sinn. In der Wohnung von Matthias Freytag war ihm etwas aufgefallen. Er hatte André Freytag danach fragen wollen, war dann aber abgelenkt worden und hatte es vergessen. Er rief Freytag an. »Gut möglich«, sagte der, »ich schaue mal nach und rufe zurück.« Nach fünf Minuten kam die Bestätigung. Hm, dachte Zwicky, merkwürdige Koinzidenz. Muss aber nichts zu bedeuten haben.

Nun war ein Gespräch mit Hans Aebli fällig. Im Telefonverzeichnis war er nicht aufgeführt, also machte sich Zwicky auf den Weg zu ihm. Er wohnte in einem etwas heruntergekommenen Haus, in dem möblierte Zimmer vermietet wurden. An einem Briefkasten war sein Name angeschrieben. Die Haustür war offen. Zwicky betrat das Haus, stieg die Treppe hinauf, schaute bei jedem Zimmer, ob Hans Aeblis Name dastand. Der Komfort für die Bewohner war nicht gerade überwältigend: Etagenduschen, Gemeinschaftsküche. Immerhin war die Küche einigermaßen ordentlich. Zwicky klopfte an Aeblis Zimmer. Keine Reaktion, nichts zu hören. Er versuchte, die Tür zu öffnen, aber sie war abgeschlossen. Im Treppenhaus kam ihm ein anderer Bewohner entgegen, ein ungepflegter junger Mann mit langen Haaren und scheuem Blick. »Hans? Den treffen Sie am ehesten vormittags hier an. Wo er den Tag verbringt?« Schulterzucken. »Weiß nicht. Jedenfalls nicht an einem Arbeitsplatz.«

Zurück im Büro flatterte Zwicky eine recht interessante Meldung auf den Schreibtisch. Am Samstag, dem Tag, an dem Doro Schuler wahrscheinlich ihre Henkersmahlzeit gegessen hatte, war Peter Bühler, ihr Ex-Mann, kurz vor Glarus in eine Geschwindigkeitskontrolle geraten und geblitzt worden, weil er zu schnell fuhr. Er war also in Glarus gewesen. Was für eine Erklärung würde er vorbringen?

12 KOMBINATORIK

Es fiel Zwicky unerwartet schwer, Streiff zu schreiben. Vor fast einem Jahr hatte er ihn einmal in der Reha besucht. Damals war sein ehemaliger Chef körperlich noch schwach gewesen. Nach einer Viertelstunde Spaziergang im Park der Klinik hatte er sich setzen müssen. Er hatte sich gefreut über Zwickys Besuch, hatte geistig völlig fit gewirkt, ein wenig vom Alltag in der Reha erzählt, sich nach Agnes erkundigt und hatte interessiert nach seiner Arbeit gefragt. Aber ganz plötzlich, nach etwa anderthalb Stunden, waren seine Energien aufgebracht. Sein Blick veränderte sich, er sprach langsamer, verwechselte Wörter, hörte nicht mehr zu. »Du musst jetzt gehen«, hatte er gesagt, »ich kann nicht mehr. Das Hirn wird geschlossen.« Da war nichts mehr zu wollen. Zwicky hatte ihn in sein Zimmer begleitet, Streiff hatte sich hingelegt und nur müde abgewinkt, als Zwicky ihm rasch noch Grüße von Agnes ausrichtete, alles Gute wünschte und versprach, er werde von sich hören lassen. Das hatte ihn verunsichert, aber Valerie hatte ihm erklärt, das sei völlig normal. Einige Monate später hatte er nochmals Kontakt mit Streiff gehabt, als dieser wieder in die Arbeit eingestiegen war. Damals war es ihm so vorgekommen, als ob Streiff bluffte. Er wollte unbedingt den Eindruck vermitteln, dass er völlig wiederhergestellt war und übertrieb es dabei ein wenig. Er hatte es ja auch nicht lange durchgehalten. Kurz darauf war er zusammengeklappt, nochmals drei Wochen in der Klinik gewesen und dann aus freien Stücken in der Versenkung verschwunden. Seither wusste Zwicky nur durch Valeries spärliche Informationen, wie es Streiff ging.

Und nun sollte, wollte er ihm schreiben. Zwicky saß vor einem leeren Mailformular. Erst die Adresse hatte er eingetippt. Nur schon die Anrede – Streiff und er nannten einander immer beim Nachnamen. Also »Hallo Streiff« oder »lieber Streiff«, »Hi Streiff«? Früher, in den beruflichen Mails, hatte er jeweils geschrieben »Guten Tag, Chef«. Zwicky tippte »Guten Tag, Chef«. Das stimmte zwar nicht mehr, aber es war sicher auch für Streiff eine vertraute Anrede. Wie weiter? Wie schreibt man einem Patienten, einem Chef, der sich verletzt und trotzig von der Welt zurückgezogen hat, um – hoffentlich – von einer schweren Krankheit zu genesen? Vorsichtig? Salopp? Sachlich? Zwicky war unbehaglich zumute. Er starrte aus dem Fenster, war ärgerlich auf Valerie, die ihm das Ganze eingebrockt hatte. Plötzlich dachte er: Blödsinn. Ich schreibe nicht einem Patienten, ich schreibe einfach Streiff, fertig. Nun ging ihm das Schreiben leicht von der Hand. Er erzählte ein wenig von sich, von Agnes, schrieb, dass er sich Sorgen um sie machte, weil es ihr nicht gut ging, aber er nicht wusste, weshalb. Er erwähnte sogar ihre Angst, sie könnte einen großen Fehler gemacht haben. Schließlich fügte er an, dass sie es beide schätzten, Valerie auf Besuch zu haben. Dann kam er auf die Todesfälle zu sprechen, skizzierte kurz die unklaren und in beiden Fällen irgendwie auch ähnlichen Umstände. »Ich hätte gern deine Meinung dazu«, brachte er es schließlich auf den Punkt. »Lies mal den beigelegten Bericht.« Er hatte erwogen hinzuzufügen »wenn du magst«, diese Behutsamkeitsfloskel aber sogleich verworfen. Streiff würde selbst entscheiden, ob er sich auf die Sache einlassen wollte. Es war nicht Zwickys Aufgabe, halb vorauszusetzen, dass der Adressat vielleicht diese Zusammenfassung gar nicht lesen wollte oder konnte. Zudem vertraute er darauf, dass Streiff schon wollen würde. War es nicht ein spannender Köder, den er dem Alten hin hielt? Er versorgte das Mail im Ordner »Entwürfe«. Jetzt kam der zweite Teil. Der Bericht, den er Streiff schicken wollte, existierte nämlich noch gar nicht. Es würde kein im engeren Sinne polizeilicher Bericht werden, sondern eher eine Auslegeordnung von Vorkommnissen, Vermutungen, Theorien, Indizien – eine Art strukturiertes Brainstorming.

»Ich gehe mal hypothetisch davon aus«, notierte er, »dass beide Fälle Tötungsdelikte sind.« Vielleicht müsste ich auch die Möglichkeit einbeziehen, dass nur ein Todesfall auf ein Verbrechen zurückzuführen ist, der andere aber auf einen Unglücksfall oder Suizid, ging ihm durch den Kopf. Das würde natürlich die Sicht auf das Delikt verändern. Aber er winkte ab. Zwei Personen, drei Möglichkeiten, das gäbe … nun ja, bereits ziemlich viele Möglichkeiten. Kombinatorik nannte man das in der Mathematik. Damit will ich nichts zu tun haben, beschloss er, das ist eh nur eine Spielerei.

Also zwei Tötungsdelikte, weil es unwahrscheinlich ist, dass Matthias Freytag sich auf diese Weise und Doro Schuler sich überhaupt umgebracht haben. Bei Freytag ist auch ein Unglücksfall weniger anzunehmen als bei Doro Schuler. Aber schließlich bin ich dieser Möglichkeit schon nachgegangen und habe keine Indizien zutage gefördert. Auf einem Zettel notierte er: *Mit Peter Bühler Kontakt aufnehmen.* Ein Indiz dafür, dass Freytag umgebracht worden war, war der halbe, nicht identifizierte Fingerabdruck auf der Schnapsflasche.

Nächste Frage: Gibt es einen verborgenen Zusammenhang zwischen den beiden Delikten? Oder ist die Gleichzeitigkeit ein Zufall? Muss man ihnen völlig getrennt nachgehen oder sie zusammen betrachten? Falls eine Verbindung besteht: welche? Es gibt Berührungspunkte. Matthias Freytag und Doro Schuler kannten sich, weil sie Nachbarn waren und weil sie eine Zeit lang bei ihm Unterricht in Swahili nahm. Hier schob Zwicky in Klammern eine kurze Information über Schulers Hilfsprojekt in Tansania und Freytags Leidenschaft für Sprachen ein. Ein zweiter Berührungspunkt ist, dass Helen Freytag in dem Spital starb, in dem Doktor Schuler arbeitete, auch wenn nicht sie die Patientin betreute. Allerdings, eventuell ein weiterer Berührungspunkt, hatte der damalige Ehemann von Doro Schuler, Doktor Peter Bühler, Frau Freytag operiert.

Falls die Morde einen gemeinsamen Hintergrund haben: Gibt es zwei Täter oder nur einen? Falls nur einer am Werk war, musste es sich um eine entschlossene, sorgfältig planende und fitte Person handeln, denn sie hatte von Freitagabend bis weit in den Samstag hinein ziemlich viel zu tun gehabt. Falls es zwei Täter waren, hatten sie sich abgesprochen, hatten beide einen Grund, beiden Opfern den Tod zu wünschen? Das schien Zwicky sehr kompliziert zu sein. So was kam nur in Filmen oder Büchern vor. Also nur ein Mörder?

Nächste alles entscheidende Frage: wer? Bis jetzt wusste er von einer einzigen Person, die sowohl Matthias Freytag als auch Doro Schuler hasste: Barbara Amsler, diese verschrobene Apothekenhelferin, Kräuter- und Pilzsammlerin, die kleine Schwester von Helen Freytag, die seit zehn Jahren ihren Schmerz, ihre Bitterkeit und womöglich Rachegefühle am Köcheln hielt. Sie passte fast zu gut ins Anforderungsprofil, dachte Zwicky kritisch. Sie hatte Zugang zu rezeptpflichtigen Medikamenten, sie trank gern zwei, drei Gläschen Träsch und sie ging in die Pilze. Und sie war vielleicht verrückt genug, einen solchen Plan auszuarbeiten, zur

Feier, sagte sich Zwicky sarkastisch, von Helens zehntem Todestag. Einen so symbolträchtigen Tag für eine Vergeltung würde es erst in fünf oder zehn Jahren wieder geben.

Wider Willen musste Zwicky auf eine Variante im Kombinatorik-Puzzle zurückkommen. Das Buch, das ihm in Matthias Freytags Wohnung beiläufig ins Auge gefallen war, war ein Guide für Pilzsammler. Er kannte sich also ebenfalls mit Pilzen aus. Wie wäre es, wenn Freytag, wie Amsler, aus irgendeinem Grund Schuler die Schuld gäbe an Helens Tod, ihr ungenießbare Pilze vorgesetzt hätte und dann – entsetzt über seine Tat – sich hätte vollaufen lassen und Rohypnol nachgeschoben hätte? Kaum. Zwicky zuckte die Schultern, ließ aber diese Möglichkeit stehen. Das war eine Vermutung, die Streiff beurteilen sollte.

Wie hätte Barbara Amsler vorgehen können? Sie hätte Freytag frühmorgens an Helens Grab ansprechen und ihn zu sich einladen können. Dort hätte sie, im Gedenken an Helen, mit ihm auf ihre Versöhnung anstoßen und ihn betrunken machen können. Dazu brauchte es bei Freytag ja nicht viel. Dann hätte sie mit Rohypnol nachgedoppelt und schließlich den beduselten Mann ins Auto verfrachtet, ihn ins Tierfehd gefahren, ihm eine letzte Portion Träsch verabreicht und dort sich selbst überlassen. Das ginge, setzte aber voraus, dass Amsler geistesgegenwärtig und spontan vorgehen konnte, und das traute ihr Zwicky nicht ganz zu. Sie konnte es auch geplant und Freytag eingeladen haben. Jedenfalls musste man der Frau die Fingerabdrücke nehmen.

Und wie hätte sie Doro Schuler um die Ecke gebracht? Das war einfacher. Eine Einladung zum Essen, ebenfalls im Gedenken an Helen. Man müsste den Mülleimer der Frau durchsuchen. Wobei – nach einer Woche wären die Spuren eines Pilzessens bereits im Container entsorgt. Hätte Schuler die Einladung angenommen? Vielleicht hatte sie von Amsler Heilkräuter für ihre afrikanischen Patienten bezogen? Das konnte Marietta Caroni oder Peter Bühler wissen. Nachfragen, notierte Zwicky auf dem Zettel.

Man durfte sich jetzt nicht einseitig auf Barbara Amsler konzentrieren. Bei Doro Schuler existierte ein nettes Reservoir an Feinden: Arztkollegen, Pflegepersonal, ehemalige Patienten und ihre Angehörigen, der Ex-Mann. Matthias Freytag stand in dieser Hinsicht besser da. Gut, sein Bruder hatte erzählt, er sei nachtragend gewesen, habe sich auch aus kleinen Anlässen endgültig von Menschen abgewandt und sie seine Verachtung spüren lassen. Überdies gab es diese weit zurückliegende Fehde mit jenem früheren Arbeitskollegen aus der Bibliothek. Oder hatte er einmal eine Frau, die sich in ihn verliebt hatte, barsch abgewiesen, weil er nach Helen keine andere Frau wollte? André hatte nichts dergleichen erwähnt, aber Matthias war auch nicht der Typ gewesen, sich jemandem anzuvertrauen. Nun hatte er ja dieses Heft gefunden, das möglicherweise eine Art Tagebuch war, dem er vielleicht entnehmen konnte, was Freytag erlebte, empfand, dachte. Er muss unbedingt eine russischsprachige Person auftreiben, die den Text übersetzen konnte.

Das würde aber bedeuten, dass doch zwei Mörder am Werk gewesen waren, die nichts miteinander zu tun hatten. Unmöglich war das nicht. Zwicky war in seinem Berufsalltag wie auch im Privatleben immer wieder auf die erstaunlichsten Zufälle gestoßen. Die andere Möglichkeit war, dass es irgendwo noch eine zweite Person gab, die glaubte, einen Grund zu haben, Schuler wie Freytag zu erledigen. Eine Person, von der er noch keine Ahnung hatte. Es wäre allzu spekulativ, seine Gedanken in diese Richtung schweifen zu lassen. Es ließ den Satz aber stehen.

Dann hielt er inne. Für den Moment kam ihm nichts mehr in den Sinn. Vielleicht fehlten Details, aber das Wichtige hatte er aufgeschrieben. Er speicherte den Text, druckte ihn aus, las ihn durch, korrigierte ein paar Tipp- und Interpunktionsfehler – Streiff hasste schlampig verfasste Berichte – und fügte ihn als Attachment dem Mail an. Ganz zuletzt fügte er ins Mail ein, wie aufgewühlt und angstvoll Agnes auf die beiden Todesfälle reagiert hatte und dass er nicht schlau daraus wurde. Dann klickte er auf »Senden«. Er lehnte sich im Sessel zurück und atmete tief aus. Die Sache erschien ihm noch nicht klarer, aber er hatte einen besseren Überblick gewonnen über all die Elemente, Indizien, Möglichkeiten, Personen, die mitspielten und die seit Tagen in seinem Kopf ein unordentliches Ballett aufgeführt hatten. Nun sollte sich Streiff darüber den Kopf zerbrechen. Er erschrak ein wenig über den Ausdruck, hatte ihm doch Valerie erzählt, Streiff nenne den Zustand, in dem sein Gehirn erschöpft, der Akku leer war, »Kopfzerbrechen«. Dennoch, ein bisschen Hirntraining würde dem Alten gut tun, befand Zwicky, und dass er sich nicht überforderte, musste er ja auch lernen, damit er nicht wieder zusammenklappte. Er schaute auf die Uhr. Über zwei Stunden hatte er an dem Ding gearbeitet. Es war mehr als ein Polizeibericht, es war, wurde ihm bewusst, auch ein Brief an seinen Freund. Und er hoffte, von Streiff zu hören.

13 TRAUMBESETZUNG?

Wochenende hin oder her – der Polizist war am Samstag frühmorgens auf dem Weg nach Aarau. Halb so schlimm, auch Agnes musste arbeiten. Dr. Peter Bühler, der Ex-Mann von Doro Schuler, mit dem Zwicky reden wollte, hatte ihm widerstrebend einen Termin am Samstagvormittag angeboten. Unter der Woche? Nein, das gehe auf keinen Fall, er sei zu beschäftigt. Er war Chefarzt Chirurgie am Kantonsspital Aarau. Also steuerte Zwicky seinen Wagen durch die neblige Linthebene, dann über die Autobahn an Zürich vorbei in den Aargau und schaffte es, in der Innenstadt einen Parkplatz zu finden, sodass er pünktlich klingelte. Bühler empfing den Polizisten höflich, distanziert, ohne Lächeln. Der Mann wohnte in der schmucken Aarauer Altstadt in einem sorgfältig renovierten und modernisierten Haus. Die Wände des großzügigen Wohnraums waren schneeweiß getüncht, unter der Decke stützten schwarzbraune Holzbalken das Gemäuer, der Boden war aus grau-rotem Klinker. Die Fenster Richtung Straße waren eher klein, aber auf der anderen Seite waren die Mauern durch eine Glasfront ersetzt worden, hinter der eine Terrasse lag. Buschige Bambuspflanzen schirmten sie gegen Blicke aus Nachbarhäusern ab. Das Zimmer war sparsam möbliert. Wenige Möbel aus sehr dunklem Holz, passend zu den Balken, zwei Ledersessel vor dem Fernseher, ein Glasregal für Bücher und CDs, daneben eine Musikanlage. Kein Sofa. Hier wurde offenbar nicht gekuschelt. An einer Wand, wie bei Doro Schuler, afrikanische Masken, auf dem Boden zwei, drei kleine Skulpturen. Aha, dachte Zwicky. So wohnt also ein Chefarzt mit zusätzlicher Privatpraxis. Nobel. Bühler wies auf den Tisch, der teuer aussah. Er bot Zwicky keinen Kaffee an, verzichtete auf jeden Small Talk, setzte sich ihm gegenüber.

»Nun?«, eröffnete er das Gespräch.

Als Zwicky ihn angerufen hatte, hatte er bereits vom Tod seiner ehemaligen Frau erfahren. Ihr Bruder, der sie identifiziert hatte, hatte es ihm gesagt. Er schien erstaunt zu sein, dass die Polizei ihn deswegen anrief, dass ein Polizist sogar mit ihm reden wollte. Zwicky schaute den Mann an, versuchte, ihn einzuschätzen. Er sah aus, wie man sich gemeinhin einen Schönheitschirurgen vorstellt. Markante Gesichtszüge, dichtes ergrauendes Haar, gebräunte Haut – Solarium oder Tansania?, fragte sich Zwicky –, zudem war er groß gewachsen und hatte kaum Bauchansatz. Er wirkte energisch, Zwicky meinte, eine unterschwellige Aggressivität wahrzunehmen – aber auch Unsicherheit.

»Wir wissen nicht, unter welchen Umständen Ihre Ex-Frau gestorben ist«, gab er endlich Auskunft.

»Und?« Bühler wollte die Konversation offenbar so minimalistisch wie möglich führen.

»Sie könnte die Knollenblätterpilze aus Versehen gegessen haben, sie könnte sich das Leben genommen haben – oder es könnte ein Tötungsdelikt vorliegen.«

»Warum kommen Sie zu mir?« Aha. Er konnte also auch in vollständigen Sätzen reden.

»Um die Todesumstände zu ermitteln, brauchen wir so viele Informationen über Frau Schuler wie möglich. Sie als Ihr früherer Mann haben sie wohl am besten gekannt und können uns sicher wertvolle Auskünfte geben.«

Andeutung eines Schulterzuckens.

Das Gespräch verlief harzig. Nein, Doro war keine Pilzsammlerin. Suizidgefährdet? Bestimmt nicht. Über ihre Freunde und Bekannten wusste er nichts. Auch nicht, ob sie wieder eine Liebesbeziehung hatte. Widersacher? – Keine Ahnung. Nein, er hatte sich keine Gedanken über ihre Todesumstände gemacht. Bühler reagierte auf Zwickys Fragen demonstrativ gelangweilt.

Der Polizist verlor die Geduld: »Ich weiß, dass Sie seit sieben Jahren geschieden sind. Aber ist Ihnen der Tod Ihrer Ex-Frau wirklich komplett gleichgültig?«

»Meine Gefühle können für die Polizei wohl kaum von Belang sein.« Ein verstockter Typ. Aber den werde ich knacken, nahm sich Zwicky vor. Streiff hätte das auch fertig gebracht.

»Haben Sie sich scheiden lassen, weil Ihre Frau den Oberarztposten bekam, um den Sie sich auch beworben hatten?«

Bühler zuckte zusammen, hatte sich aber gleich wieder im Griff. Lächelte. »Ich bin heute Chefarzt.«

Zwicky zweifelte dennoch daran, dass diese Wunde ganz verheilt war.

»Sie hatten mit ihr regelmäßigen Kontakt über das Hilfsprojekt in Tansania.«

Jetzt merkte Bühler auf. Zum ersten Mal, seit Zwicky bei ihm war, wirkte er nicht nur total angeödet. »Ja, was ist damit?«

»Erzählen Sie mir, wie Sie da zusammengearbeitet haben, vor und nach Ihrer Trennung.«

Der Mann taute etwas auf. In dieser kleinen Krankenstation konnten sich Patienten kostenlos behandeln lassen. Finanziert wurde sie durch Spenden, getragen einerseits durch ihn und Doro, anderseits durch einheimische Ärzte und Pflegepersonal. Formell war er der Chefarzt. Seit sie geschieden waren, war das ein Konfliktpunkt.

»Sie mischte sich in meine Kompetenzen ein, stellte zum Beispiel ohne Rücksprache mit mir einen neuen Arzt ein.« Pause. »Ich glaube, sie wollte mich aus dem Projekt raushaben. Sie war eine sehr dominante Person.« Er blickte an Zwicky vorbei, sein Gesichtsausdruck wurde hart, verbissen. Er schluckte.

Tja, dachte der Polizist, da sind also zwei Alphatiere zusammengekommen. So was kann auf die Dauer nicht gut gehen. Er hätte ganz gern einen Kaffee oder wenigstens ein Glas Wasser gehabt.

»Und Sie? Hätten Sie das Projekt auch lieber allein weitergeführt?«

»Das wäre sicher das Beste gewesen. Als Frau wurde sie dort ohnehin weniger akzeptiert als ich. Und sie hatte eine Art mit den Patienten – sie hat ihnen nicht gerade Vertrauen eingeflößt. Trotzdem wurde sie natürlich bewundert. Sie setzte sich in der Schweiz mit dem Projekt in Szene, darin war sie begabt. Meine Idee war, dass sie sich hier um Spenden und Beiträge für Entwicklungszusammenarbeitsprojekte kümmert, auf Sponsorensuche geht und so, und mir das Medizinische vor Ort überlässt.«

»Hielt sie das für eine gute Idee?«

Bühler lachte kurz auf. »Nein, natürlich nicht. Sie behauptete, sie sei medizinisch besser qualifiziert als ich, weil sie Ärztin für Innere Medizin war, ich hingegen Chirurg. Und für das Administrative, Bürokram, Öffentlichkeitsarbeit sei ich auch nicht die Traumbesetzung.«

»Doro Schuler wollte Sie also aus dem Projekt rausdrängen.«

»Ja.«

Er hasste seine Ex-Frau, dachte Zwicky. Er vertrug es nicht, dass sie ihm die Fähigkeit absprach, das Projekt zu leiten, überhaupt darin mitzuarbeiten. Sein erster flüchtiger Eindruck von Bühler ging ihm wieder durch den Kopf. Nicht nur Selbstsicherheit, Erfolgsgewohntheit – sondern auch Unsicherheit. Er lebt von Anerkennung, er kann keine Kritik einstecken. Schlecht für ihn, denn Doro Schuler verstand sich aufs Austeilen. Und sie hatte ihn seinerzeit bei der Bewerbung um die Oberarztstelle in Glarus überflügelt. Könnte dieses Machtgerangel, dieses Konkurrenzieren ein Mordmotiv sein? Nach dieser Befragung gehe ich einen Kaffee trinken, beschloss Zwicky.

Er wechselte das Thema. »Können Sie sich an die Patientin Helen Freytag erinnern, die Sie vor zehn Jahren in Glarus operierten?«

Bühler überlegte.

»Sie wurde wegen eines geplatzten Blinddarms notfallmäßig eingeliefert«, half Zwicky.

Bühler runzelte die Stirn.

»Sie starb«, fügte Zwicky hinzu.

»Ja, ich erinnere mich. Das war ein Unglücksfall, wie er bedauerlicherweise vorkommen kann. Ganz ausschließen lässt sich so etwas nicht. Die Operation hatte ich erfolgreich zu Ende gebracht, sie war komplikationslos verlaufen. Die Patientin lag im Aufwachraum, wurde überwacht. Ihr Tod trat ganz plötzlich ein. Herzstillstand.«

»Ist das nicht sehr außergewöhnlich?«

»Es geschieht glücklicherweise selten. Aber bei dieser Patientin bestanden gewisse Risikofaktoren. Sie war untergewichtig, hatte zu hohen Blutdruck und war allgemein nicht von robuster Gesundheit. An Details kann ich mich nicht mehr erinnern.«

»Wurde sie vielleicht ungenügend überwacht?«

»Bestimmt nicht. Dafür gibt es ein festgelegtes Prozedere, das immer eingehalten wird.«

»Ist Ihnen bekannt, dass die Schwester der Patientin dem Spital die Schuld für den Tod von Helen Freytag gab?«

»Allerdings. Sie passte mich vor dem Spital ab, rief mich nachts an, schrieb mir Schmähbriefe. Die Frau war total von der Rolle. Sie erhielt schließlich ein Zutrittsverbot zum Spitalsareal, und ich ließ mir eine neue Telefonnummer zuteilen, die nicht ins Telefonverzeichnis eingetragen wurde. Die Briefe, die noch kamen, lieferte ich ungeöffnet bei der Polizei ab. Übrigens kriegte auch Doro einiges davon ab. Sie war bei der Operation die Anästhesistin gewesen.«

»Wie war das für Sie?«

»Wir waren natürlich beide wütend. Es war eine üble Zeit. – Vergessen wir es.«

»Wie reagierte Matthias Freytag, der Ehemann der Patientin?«

»Geschockt natürlich. Niedergeschmettert. Aber anständig. Wurde nie ausfällig. – Müssen wir über diesen Fall reden? Was hat das mit Doros Tod zu tun?«

Zwicky zuckte die Schultern. »Alles kann wichtig sein.«

»Tötungsdelikt«, griff Bühler das Wort auf, das er am Anfang von Zwicky gehört hatte. »Glauben Sie, es könnte sein, dass die Schwester oder der Witwer von Frau Freytag Doro umgebracht hat? Zehn Jahre danach? Das ist doch wohl ein Hirngespinst.«

»Wo waren Sie am Freitagabend und am Samstag vor einer Woche?«

»Als Doro starb? Was soll das? Fragen Sie mich nach meinem Alibi? Also bitte! Darauf zu antworten habe ich nicht nötig.« Bühler war laut geworden. Empört? Oder eher beleidigt? Egal.

»Doch«, sagte der Polizist sanft, »das haben Sie. Wie alle anderen Bekannten von Frau Schuler.«

Der Mann schwieg. Dann gab er nach. »Na gut. Wenn ich danach endlich wieder meine Ruhe habe. Am Freitag hatte ich bis neun Uhr abends Dienst. Am Samstag hatte ich frei. Ich erledigte zu Hause Büroarbeit. Auch den Abend verbrachte ich daheim. Hörte Musik.« Er wies auf seine CD-Sammlung.

»Zeugen? Hatten Sie Besuch?«

»Nein, zum Teufel!«

Nun spielte der Polizist seinen Trumpf aus. »Wie kann es sein, dass Sie den ganzen Samstag zu Hause waren, wenn Sie doch um Viertel vor zwölf kurz vor Glarus einer Tempoüberschreitung überführt wurden?«

Hatte Bühler mit dieser Frage gerechnet? Gepokert, dass es nicht herauskommen würde? Sich einen Plan B ausgedacht für den Fall, dass es sich nicht verheimlichen ließ?

Er lachte unbehaglich. »Na ja, ich hatte Lust auf ein wenig Bergluft. Trotz der trüben Umstände meines Weggangs bin ich ein Heimweh-Glarner geblieben. Ich hatte vor, nach Braunwald zu fahren, in der Hoffnung, dass ich dort oben etwas Sonne abbekommen würde.«

»Und? Haben Sie etwas Sonne abgekriegt?«

»Nein. Ich hörte auf dem Weg im Radio, dass es auch auf dieser Höhe bedeckt ist. Also bin ich in Schwanden wieder umgekehrt.«

»Warum haben Sie zuerst gelogen?«

»Weil meine Wochenendausflüge meine Privatsache sind! Kapiert?«

»Sie haben offenbar *nicht* kapiert, Herr Bühler, dass Ihre Frau möglicherweise umgebracht worden ist. Falls das so ist, gibt es keine Privatsachen mehr, das versichere ich Ihnen. Sie werden von uns hören.«

Damit ließ es Zwicky genug sein, verabschiedete sich knapp und stampfte hinaus. Im Café Brändli skizzierte er im Notizbuch bei einem doppelten Espresso den Bericht über den Besuch bei Dr. Bühler. Dann legte er die Notizen weg und bestellte sich einen zweiten.

14 HALBSTARK

Der Mann hatte das ausführliche Mail gelesen, das noch um einiges längere Attachment geöffnet und überflogen. Dann schloss er das Mailprogramm und schaltete den Computer ab. Ein paar Minuten blieb er im Dunkeln sitzen und schaute aus dem Fenster. Das Wasser des Sees war schwarz, der Halbmond glänzte auf der Oberfläche. Vereinzelt schimmerten Lichtpunkte aus Häusern auf der anderen Seite des Lac de Joux. Dann ging der Mann ins obere Stockwerk ins winzige Badezimmer, schaute sich selber im Spiegel an, forschend, wie wenn er einen Fremden beobachten würde, gleichzeitig langmütig, als sähe er einen, den er nur allzu gut kannte und um dessen Schwächen er wusste. Er putzte sich die Zähne, ging hinüber ins Schlafzimmer, zog den Pyjama an und legte sich ins Bett. Er knipste die Nachttischlampe aus, drehte sich auf die Seite und war bald eingeschlafen.

Er erwachte frühmorgens, wie meistens. Es war noch dunkel, erst eine Ahnung von Morgendämmerung lag über dem See. Eine Weile lag er da, auf dem Rücken, die Hände hinter dem Kopf verschränkt, die

Augen offen. Dann stand er auf, öffnete das Fenster, warf einen Blick hinaus. Es war still. Samstagmorgen. Keine Stimmen, keine Autos, nur die Schritte vereinzelter Fußgänger hörte er. Der Himmel war jetzt eine Schattierung heller als der See. Kühle Luft kam ins Zimmer, der Mann atmete tief. Er ging ins Bad, duschte, zog sich an. Jeans, Sporthemd, Sweatshirt. Kam zurück, machte das Fenster zu, legte die Decke einigermaßen ordentlich über das Bett, steckte das Etui mit der Lesebrille ein und ging hinunter. In der Küche machte er sich Kaffee, von dem er eine große Tasse trank, und aß ein Butterbrot und einen Apfel. Dazu hörte er die kurzen Sieben-Uhr-Nachrichten im Radio auf Französisch. Dann zog er grobe Turnschuhe an, griff sich seine dunkle Lederjacke und verließ das Haus.

So begann seit fast drei Monaten jeder Tag im Leben von Beat Streiff. Nach dem Frühstück ging er hinaus, bei jedem Wetter, und machte einen Spaziergang rund um den Lac Brenet, den kleinen im Wald versteckten See neben dem Lac de Joux. Er ging eine Stunde unter Bäumen, direkt am Seeufer, traf kaum auf Menschen, hörte nichts als die Geräusche von Wasser, Vögeln und vom Wind bewegten Pflanzenblättern. Es gelang ihm meistens, nicht viel zu denken, nicht nachzudenken, sondern nur unwichtige kleine Gedanken über die Farben des Himmels, die Wolkenformationen, über das Wetter, die Bäume, die Beschaffenheit des Wegs durch seinen Kopf treiben zu lassen. Wieder zurück im Dorf, machte Streiff im kleinen Lebensmittelladen seine Einkäufe. Heute kaufte er Brot, einen Salat, zwei Flaschen Bier und eine Packung Salami. Er ging zurück in sein Häuschen. Seine Post bestand jeden Tag einzig aus der Tageszeitung. Bei einem zweiten großen, gezuckerten Milchkaffee nahm er sich die Zeitung vor. Sobald sein Kopf sich meldete, legte er sie beiseite. Es war nicht jeden Tag gleich. An guten Tagen blieb er eine Stunde lang dran, schaffte es, die ganze Zeitung durchzulesen. An schlechteren legte er den Kulturbund ungelesen weg oder kam nicht einmal mit dem Sportbund durch. Irgendwann spürte er, wie sich sein Gehirn hinter der Stirne in ein sperriges Stück Holz verwandelte, das keine Reize mehr durchlassen wollte, keine Informationen mehr verarbeiten konnte, nicht mehr imstande war, richtig zu reagieren. Er legte sich auf das Sofa, schloss die Augen. Machte Entspannungsübungen, die ihm albern vorkamen, aber doch nützten. Tatsächlich fühlte sich sein Kopf mit der Zeit leichter an, Arme und Beine weniger angespannt, das Herz ruhiger und der Bauch nicht mehr verkrampft. Das Wichtigste war, nichts zu sehen, nichts zu hören, nur belanglose Gedankenfetzen im Kopf zu haben.

Nach einer halben Stunde stand er jeweils wieder auf, las die Zeitung fertig, trank einen dritten Kaffee. Manchmal öffnete er dann den Computer, um seine Mails anzuschauen. Viele Nachrichten gingen nicht ein. Die Adresse kannten nur Valerie, zwei, drei gute

Freunde und sein Arzt. Außerdem erkundigte sich seine Ergotherapeutin ab und zu, wie es ihm ging. Er hatte sie zwar geschätzt, als sie mit ihm in der Reha Logik-, Gedächtnis- und andere Denkübungen gemacht hatte, um sein Gehirn vorsichtig wieder mit seiner Arbeit, dem Denken, vertraut zu machen, aber er antwortete nie.

Am häufigsten schrieb ihm natürlich Valerie, seine Frau. Manchmal erzählte sie ihm kleine Alltagsgeschichten, unbeschwert, heiter, was sie erlebt hatte. Dann wieder – den Unterschied merkte er unweigerlich – gab sie sich Mühe, fröhlich zu sein, aber sie kriegte es nicht hin, ihr Tonfall war gezwungen, unecht, übereifrig. Er wusste, dass sie in diesen Momenten traurig war, es ihn aber um keinen Preis merken lassen wollte. Darauf reagierte er zum Teil mit schlechtem Gewissen – oder mit Abwehr. Warum ließ sie ihn nicht in Ruhe, fragte er sich dann verärgert. Er hatte ihr doch unmissverständlich klargemacht, dass er allein sein wollte, sein musste. Stunden später konnte ihn die Langezeit nach ihr packen, dann hätte er alles darum gegeben, sie bei sich zu haben. Aber das schrieb er ihr nie. Es kam auch vor, dass sie aufrührerisch schrieb, gemischt mit Verzweiflung. »Warum?«, stand in diesen Mails, »ich will«, stand darin, »bitte«, schrieb sie, und »bis wann?«. »Nicht für immer.« Einen genaueren Bescheid konnte er ihr nicht geben. Manchmal erzählte er ihr von seinem Alltag, aber der verlief sehr gleichförmig. Er überwand sich, von seinen kleinen

Fortschritten zu berichten. »Gestern Abend habe ich einen ganzen Film geschaut. Anderthalb Stunden.« Aber das kam ihm so mickrig vor. Einen ganzen Film geschaut? – Na bravo, was für ein Fortschritt! Was sollten die anderen davon halten, wie kam so was bei Valerie an? Solange er in diesem Zustand war, war er nicht gesellschaftstauglich. Es war einfach blamabel. Wie wäre es, wenn Valerie ihn besuchen würde? Er müsste ihr nach ein, zwei Stunden sagen, sei still, ich brauche jetzt eine Stunde Ruhe. Sie wäre bestimmt voller Verständnis, voll heiterer Fürsorge, großherzig. Aber dass er das nötig hatte, dass es anders nicht ging, dass er Toleranz und Großzügigkeit brauchte – nein, lieber allein sein. In seinem Rhythmus leben, ohne dass es jemand mitbekam. Man hatte ja seinen Stolz. Solche Gedanken deutete er Valerie gegenüber nur an. Natürlich fand sie das Unsinn. Ab und zu, wenn er sich gut fühlte, telefonierten sie miteinander. Es war schön, ihre Stimme zu hören. Er ließ sie reden, sagte selber nicht viel. Wenn sie zu drängen begann, ihn bat zurückzukommen, wenn er hörte, dass sie mit den Tränen kämpfte, stieg Ungeduld in ihm hoch, und er beendete das Gespräch abrupt. Später tat es ihm leid.

Nach dem Mittagessen ruhte er sich aus. Schlafen konnte er meistens nicht. Am Nachmittag kamen die unguten Gedanken, all das, was er Valerie nicht schrieb, und ließen sich oft nicht mehr verscheuchen. Gedanken über seine Zukunft. War er jetzt definitiv ausrangiert? Gehörte er zum alten Eisen? Blieb ihm dieses halbstarke, störrische, dieses Teilzeithirn für immer? Geduld, hatten sie ihm gesagt. Geduld. Auflehnung oder Grenzüberschreitungen bringen nichts. Stimmt, das hatte er erlebt. Aber vielleicht, dachte er aufgebracht, brachte Geduld auch nichts. Streiff versuchte, sich mit Musik abzulenken. Gegen halb vier stand er wieder auf und ging nochmals raus. Wenn er sich gut fühlte, fuhr er mit dem Auto zehn, fünfzehn Minuten auf eine Anhöhe und wanderte über Juraweiden und durch Tannenwälder. Heute nicht. Er machte lediglich einen kleinen Spaziergang durchs Dorf. Es begann zu regnen, und er ließ sich gleichgültig nass regnen. Zu Hause zog er sich um und kochte für sich wie jeden Abend. Ins Dorfrestaurant ging er selten, den Geräuschpegel, die Unruhe hielt er nicht lange aus. Nach dem Abendessen war seine Stimmung oft besser. Er schrieb ein, zwei Mails, hörte Musik, fühlte sich zuversichtlicher als tagsüber. Wieder ein Tag geschafft. Am Morgen die ganze Zeitung am Stück gelesen! In kürzerer Zeit als vorgestern! Na also. Nichts, um damit zu prahlen. Aber ein kleiner privater Triumph.

Streiff überflog das Fernsehprogramm. Quizsendung? Krimi? Oder das Radiohörspiel? Lieber lesen? Er warf das Programm zurück auf den Tisch. Nichts da. Er sollte sich endlich mit dem befassen, was ihn schon den ganzen Tag unterschwellig beschäftigte. Er hatte den Gedanken daran weggeschoben. Weshalb? Angst? Trotz? Das Mail von Zwicky. Valerie musste ihm seine Mailadresse gegeben haben. Fast vierundzwanzig Stunden war es ihm gelungen, nicht daran zu denken. Er war nachmittags sogar eingeschlafen auf dem Sofa, was so gut wie nie vorkam. Jetzt war es Abend. Zwei Stunden lagen noch vor ihm, bis er zu Bett gehen würde. Er ging zum kleinen Tisch, schaltete den Computer und den Drucker an. Öffnete den Browser, ging in seinen Mailaccount, klickte die Nachricht von Melchior Zwicky an, druckte das Begleitmail aus, öffnete den Bericht und druckte ihn ebenfalls aus. Nahm die paar Seiten in die Hand. Sie kamen ihm vor wie lebende Wesen, fast nahm er ein Knistern wahr, nicht vom Papier, sondern vom Inhalt. Gleichzeitig wogen sie in seiner Hand schwer wie ein Felsblock. Sein Herz klopfte. Was war da? Scheu? Furcht? Oder – Freude? Er versorgte Bericht und Mail in der Tischschublade, schaltete das Radio ein, wählte einen Sender mit klassischer Musik und überliess sich den friedlichen Klaviertönen. Um halb elf ging er zu Bett und schlief augenblicklich ein.

15 WARTEN

Valerie hockte in ihrer Wohnung auf dem Bett, vor sich hatte sie ihren großen Rucksack. Ihre Sachen lagen ausgebreitet auf dem Bett. Langsam, fast widerstrebend, packte sie ein Ding nach dem anderen in den Rucksack. Zuunterst einige Bücher, dann das Radtouren Outfit mit engen Hosen und Oberteil aus einem glänzendem Material und die Sportschuhe. Darauf kamen ein zugeknoteter Beutel mit Schmutzwäsche, eine dünne Wollmütze und ein warmer Pullover, während ein anderer auf dem Bett nach hinten geschoben wurde. »Das brauche ich morgen«, murmelte sie und schob ein T-Shirt und einen Schal zum Pulli. Sie hielt inne und schaute aus dem Fenster. Der Himmel war wolkenverhangen, ein Passant hatte ein Halstuch eng um sich geschlungen. Auch Valerie hatte sich warm angezogen, als sie am Morgen ziellos im Flecken herumgestiefelt war. Ein letzter Spaziergang. Es war Sonntagnachmittag. Am Dienstag musste sie wieder im Geschäft stehen, morgen würde sie fahren. Sie war innerlich unruhig, fühlte sich zerrissen. Einerseits zog es sie nach Hause, in ihre gemütliche Wohnung, in ihr gewohntes Alltagsleben.

Im »FahrGut« würde es ruhig zugehen, sie würde Zeit haben, einiges aufzuräumen, die Website zu aktualisieren, eine Seite mit Geschenkvorschlägen von Fahrradhandschuhen über Velokörbchen bis zum Luxusrad zusammenzustellen und ins Netz zu stellen. Bestimmt würden schon einige Kunden kommen, die ihre Weihnachtseinkäufe frühzeitig hinter sich bringen wollten. Zudem machte sie Anfang Dezember immer das Budget fürs nächste Jahr, eine Aufgabe, die sie spannend fand, ein Ausblick auf die Zukunft.

Anderseits wollte sie nicht weg hier, nicht in dieser Situation. Es schien ihr, Beat müsste ganz nah sein, in Gedanken bei diesen Todesfällen, die auch Valerie beschäftigten. In den letzten Tagen hatte sie nichts von ihm gehört und sich auch nicht gemeldet. Hatte Melch ihm überhaupt schon geschrieben? Vermutlich am Freitagabend, aber Valerie hatte nicht zu fragen gewagt. Sie hatte Melch und Agnes in den letzten beiden Tagen ohnehin kaum gesehen. Um alles in der Welt hätte sie erfahren wollen, ob Beat schon reagiert hatte. Vielleicht würde sie sich heute Abend getrauen, davon anzufangen.

Denn heute Abend gab's ein Abschiedsessen. Valerie hatte vorgeschlagen, sie würde kochen, und zwar in ihrer Wohnung. Die Wohnküche, in der Melchs Mutter jahrzehntelang gewirtschaftet hatte, war fast so eingerichtet, wie wenn sie noch lebte. Melch und Agnes hatten sich noch nicht ans Räumen gemacht. Die meisten Lebensmittelvorräte hatten sie zu sich genommen, aber das Gewürzregal beherbergte noch eine Reihe von Kräuterdöschen, und Öl und Essig standen auch im Schrank. Valerie hatte gestern eingekauft und freute sich aufs Kochen. Sie schaute auf die Uhr: Ja, sie konnte langsam damit beginnen. Rasch stopfte sie noch Regenhose und Handschuhe in den Rucksack und stellte ihn zur Seite. Die Last-minute-Sachen würde sie morgen noch irgendwie verstauen. Sie ging in die Küche, nahm das Schweinsfilet aus dem Kühlschrank, marinierte es mit Senf und Kräutern und briet es an. Danach umhüllte sie es mit dünnen Scheiben Rohschinken und legte es auf ein Blätterteigblatt. Rechts und links drückte sie einige gedörrte Pflaumen ans Fleisch und packte das Ganze in den Teig ein, den sie mit Ei bepinselte. Nun kam das Filet in den Backofen. Während Valerie vor sich hin werkelte, bewegten sich ihre Gedanken von selber in alle Richtungen. »FahrGut«, Beat, der tote Mann, die tote Frau, Melch, Agnes, es war ein Hin und Her. Sie war angespannt, nervös, fürchtete sich sogar ein wenig vor dem Abend zu dritt. Agnes hütete noch immer ihren Kummer, Melch war darüber beunruhigt und gleichzeitig von seinem Fall in Anspruch genommen, über den er keine Auskünfte geben durfte. Dann sie, Valerie, die auch dieses und jenes mit sich herumtrug, das sie nicht vor den anderen ausbreiten wollte. Würde es ein düsterer Abend werden? Würden sie alle schweigsam sein oder, im Gegenteil, aufgeregt und gezwungen durcheinander schwatzen, um zu überdecken, dass ihre Stimmung trüb war? Valerie seufzte. Dann verbot sie sich ihren Missmut. Hör auf, schalt sie sich, deine Freunde kommen zu Besuch, du magst sie, also freu dich gefälligst. Das half tatsächlich ein wenig. Sie wusch den Salat. Im Laden hatte sie gesehen, dass es Pfifferlinge gab, und sie hatte erwogen, den Salat mit gebratenen Pilzen zu mischen. Aber dann kam ihr ein Pilzessen plötzlich pietätlos vor. Stattdessen garnierte sie den Salat mit Cherrytomätchen und gekochten klein gehackten Eiern. Sie öffnete eine Flasche Wein und stellte eine Karaffe Wasser dazu, deckte den Tisch und zündete die erste Kerze des Adventskranzes an. Aus dem Ofen duftete es, sie schaute nach. Noch zehn Minuten, die Gäste konnten kommen. Sie hörte sie bereits auf der Treppe.

Es wurde ein guter Abend. Melch und Agnes lobten das Essen. Sie redeten nicht über Tiefgründiges, über nichts Beunruhigendes oder Schmerzhaftes. Valerie öffnete eine zweite Flasche Wein. Das Gespräch plätscherte friedlich, freundschaftlich dahin. Die Stimmung war entspannt. Melch und Agnes blieben recht lange sitzen, obwohl beide am nächsten Morgen zur Arbeit mussten. Erst als sie aufbrachen, fragte Valerie Melch, ob er Beat schon geschrieben habe. Er nickte. »Und, hat er schon reagiert?« Er schüttelte den Kopf. »Keine Sorge«, meinte er, »er wird schon von sich hören lassen.« Natürlich machte sie sich trotzdem Sorgen. War er überfordert mit Melchs Bericht, mit seiner Anregung, ihn zu unterstützen? Oder hatte er einfach keine Lust dazu? Nahm er es ihr, Valerie, übel, dass sie seine Mailadresse weitergegeben hatte? Der Rotwein sorgte dafür, dass sie dennoch rasch einschlief.

16 KOPFZERBRECHEN

Den Sonntag verbrachte der Mann untätig. Am Morgen hatte er seinen Spaziergang um den Lac Brenet gemacht, ohne etwas von der Landschaft zu sehen. Er nahm kaum wahr, dass es in der Nacht geschneit hatte. Die Lederjacke, die er trug, war ungefüttert, aber er spürte die Kälte nicht. Danach trank er Kaffee, aß ein Butterbrot, setzte sich in den Sessel im kleinen Wohnzimmer. Er schaute hinaus. Eine dünne Schicht Schnee färbte die Straße, die Hausdächer, die Seeböschung weiß. Der Mann wollte denken. Nachdenken. Aber er kriegte seine Gedanken nicht in den Griff. Er hatte eine CD eingelegt. Alter Jazz, John Coltrane. Er hatte diese Musik immer geliebt, aber jetzt hielt er sie kaum noch eine halbe Stunde aus. Er nahm sie als dissonant wahr, sie schmerzte in seinem Kopf. Er wechselte die CD, ließ leise Klassik laufen, die »Nocturnes« von Chopin, das vertrug er besser.

Das Mail vom Freitagabend war in sein Leben eingebrochen. Es kam von jenseits der Grenze, von weit her. Es kam aus der Welt der anderen, aus der er geworfen worden war. Das war ihm nicht von Anfang an klar gewesen. Er hatte angenommen, dass die Krankheit, die Operation eine mittlere Delle in seinem Alltag sein würde, ein Ausstieg für eine gewisse Zeit, aber bald überwunden, rasch vergessen. Es war nicht so. Und es waren auch nicht nur die langen Arbeitstage, die ihn überforderten. Es stimmte mit ihm selbst nicht mehr. Seine Selbstwahrnehmung war aus dem Lot geraten. Wer bin ich? Was kann ich? Wo stehe ich im Leben? Und es stimmte mit den Menschen nicht mehr. Zuerst waren sie erschrocken, dann besorgt, fürsorglich, großzügig gewesen. Schließlich ratlos, zweifelnd. Das hatte er genau gespürt. Was war los mit dem Alten, dem Chef, hatten sie sich gefragt. Was war nur los mit Streiff? Da funktionierte er scheinbar wie vorher, leitete eine Sitzung, strukturierte, brachte Ideen ein, gab Anweisungen für das weitere Vorgehen – und plötzlich war fertig. Er wurde langsam, wusste nicht mehr weiter, sein Blick verschwamm. Wenn jemand dann noch etwas von ihm wollte, reagierte er brüsk, aufbrausend, und dann ging er ohne Erklärung nach Hause. Oder er diskutierte mit Valerie auf einem Spaziergang, hörte ihren Ideen und Argumenten zu, stimmte ihr zu, widersprach, fühlte sich angeregt von ihrer Lebhaftigkeit, bis er, von einer Minute auf die andere, nur noch heim wollte, sich hinlegen, nichts mehr sehen, nichts mehr hören. »Sei endlich still!« Sie wusste nicht, wie ihr geschah, trottete erschrocken, verletzt, schweigsam neben ihm her. Er war den anderen fremd geworden. Das hatte er verstanden, sie waren ihm auch fremd, er selbst war sich fremd geworden. Zita Elmer und Adrian Dürst, früher seine engsten Mitarbeiter, waren ihm jetzt unbehagliche Erinnerungen. Wenn sie ihm in den Sinn kamen, sah er ihre verwunderten, irritierten Blicke, die Blicke, die sie einander zuwarfen und vor ihm zu verbergen versuchten. Sie waren auf Abstand gegangen – aus Unsicherheit, oder versteckte sich dahinter ein Vorwurf? Oh ja, er konnte das verstehen, er war nicht mehr der Chef, der er gewesen war, er war überhaupt kein Chef mehr. Dennoch empfand er ihre Distanzierung als Verrat und war unversöhnlich. Seinen beruflichen Mailaccount fragte er nie ab.

Seit drei Monaten hockte er nun in diesem kleinen Dorf im Jura, im Ferienhäuschen eines Freundes. Er brachte es meist fertig, nicht über die Zukunft nachzusinnen, sondern sich auf seinen kleinen Alltag zu beschränken. Auf das Friedliche wie auf das Quälende. Fast täglich geriet er in Situationen, in denen ihm sein Unvermögen vorgeführt wurde, in denen er an seine Grenzen kam. Wenigstens gab es keine Zeugen. An seine Arbeit dachte er selten. Und wenn, dann wie an eine ferne Episode in seinem Leben. Nahe kam ihm Valerie. Sie versuchte zu akzeptieren, dass er allein sein musste, aber sie wollte es nicht begreifen. »Was habe ich dir getan?«, konnte sie am Telefon fragen oder in einem Mail schreiben. »Nichts«, antwortete er, »ich muss für mich sein.« Das genügte ihr nicht als Erklärung, nicht nur, weil sie ihn vermisste. Sie hatte auch recht, es war nicht die ganze Erklärung. Valerie mit ihrer Standfestigkeit, ihrer Energie, ihrer Lebensfreude erschien ihm wie ein Gegenbild zu ihm selbst, das seine Unfähigkeiten, seine Beschränktheit noch schärfer sichtbar machte. Was war er im Unterschied zu ihr? Nicht mehr viel, bilanzierte er mitleidlos.

Jetzt dieses Mail. Was hatte es zu bedeuten? Wollten sie damit andeuten, es wäre endlich an der Zeit, sein Faulpelzdasein aufzugeben? Wollten sie ihm – schlimmer noch – eine Beschäftigungstherapie anbieten, weil sie ihm im Grunde genommen nichts mehr zutrauten? Oder wünschte sich Zwicky tatsächlich seine Unterstützung? Und Valerie? Natürlich hatten sie das gemeinsam ausgeheckt, Valerie und Melchior. Sie wollte ihn hervorlocken aus seinem Versteck, seiner selbst gewählten Verbannung. Plötzlich dämmerte es Streiff, dass seine Frau sich ihm vielleicht doch nicht so überlegen fühlte, wie er angenommen hatte. Vor seinem inneren Auge sah er sich und Valerie: sich selber als erratischen Block, bei dem das »Sesam öffne dich« nur sehr unzuverlässig funktionierte, sie als verletzlich und machtlos ihm gegenüber. War er egozentrisch, herzlos? Er hatte den totalen Rückzug auch deshalb gewählt, wurde ihm bewusst, um sich der Anstrengung zu entziehen, täglich Kompromisse zu schließen, seine Grenzen abzustecken, seine Möglichkeiten auszuprobieren. Eine eindeutige, unüberschreitbare Grenze zu ziehen entlastete ihn. Er musste nichts erklären, für die kleinen Alltagsdemütigungen, die sein Hirn ihm bescherte, gab es keine Zeugen. Er konnte seinen Stolz wahren. War das zu einfach? Zu schwierig für die anderen, für Valerie, für seine Arbeitskollegen, seine Freunde? Empfanden sie es als Zurückweisung, Unfreundlichkeit, gar Feindseligkeit? Diese Sichtweise war neu für ihn.

Jetzt dieses Mail. Es war ein Köder, den sie ihm hinhielten. Wenn man den Streiff hinter dem Ofen hervorlocken wollte, dann am besten so. Im Laufe des Sonntags merkte er, zuerst widerwillig, dass er daran war, den Köder zu schlucken. Am späten Nachmittag, als das Tageslicht schon schwächer wurde, stand er vom Sessel auf, ging zum Tisch hinüber, machte die Leselampe an, öffnete die Schublade und nahm die Post von Zwicky hervor. Er schob den Laptop beiseite, legte einen Notizblock bereit und begann zu lesen. Legte den Bericht nieder und überlegte. Schaute in die sich verdunkelnde Landschaft hinaus. Während der zweiten Lektüre begann er, sich Notizen zu machen. Die Sache interessierte ihn, gestand er sich ein. Interessierte ihn immer mehr. Zwei Todesfälle, völlig unterschiedlich, aber mit Berührungspunkten in der Vergangenheit. Zwei Todesfälle, deren Beurteilung, je nach Sichtweise, zwischen Unglücksfall, Suizid und Mord oszillieren konnte. Er riss das bekritzelte Blatt vom Notizblock weg. Auf ein neues Blatt zeichnete er eine Skizze. Kleine Kreise, jeder mit einem Buchstaben bezeichnet. Er zog Linien zwischen den Kreisen, schrieb kurze Bemerkungen zu den Linien. Auf einem nächsten Blatt zog er andere Verbindungslinien, setzte da ein Fragezeichen, dort ein Ausrufezeichen. Nach einer Stunde unterbrach er seine Arbeit, legte sich eine halbe Stunde aufs Sofa, ging dann in die Küche, wärmte in der Mikrowelle ein Fertiggericht. Zum Essen trank er ein Bier. Dann setzte er sich mit einem Kaffee wieder in den Sessel am Fenster und schaute in die Dunkelheit. Später saß er nochmals am Arbeitstisch. Er tippte nur sieben Sätze in den Laptop. Zwei endeten mit einem Fragezeichen, die restlichen beinhalteten Anweisungen. Zwicky hatte ihm angekündigt, er werde den Bericht noch komplettieren, nachdem er mit zwei weiteren möglicherweise involvierten Personen gesprochen hatte. Korrekterweise hatte er nicht von »verdächtigen Personen« gesprochen, aber natürlich war ein Verdacht Zwickys Triebfelder für sein Engagement. Es waren ja nicht nur klare Fakten und Indizien, die für das Vorgehen bestimmend waren, es waren auch ein Stück weit Intuition, Vorstellungsvermögen – vielleicht sogar Fantasie? Auch das konnte etwas bringen, vorausgesetzt natürlich, man machte kein Wirrwarr zwischen Fakten und eigenen Ideen. Er hatte vor einigen Jahren bei Zwicky diesen Lernprozess beobachten können.

Gegen halb elf lag Streiff im Bett, die Arme hinter dem Kopf verschränkt, die Augen offen. Das Notizbuch war neben ihm auf dem Nachttisch. Zwei-, dreimal machte er das Licht wieder an und kritzelte in seiner nur für ihn leserlichen Schrift ein Stichwort oder eine Bemerkung hinein. Er lag lange wach.

17 SCHERBENHAUFEN

Melchior Zwickys Arbeitswoche begann mit dem Besuch bei Hans Aebli. Vormittags, hatte sein Nachbar gesagt, sei er hier anzutreffen. Vermutlich war er um acht Uhr morgens noch nicht ansprechbar, wenn er seine Tage, wie der Mann angedeutet hatte, in seiner Stammkneipe zubrachte. Es war kurz vor halb elf. Die Haustür war wieder unverschlossen, die Küche im ersten Stock leer. Aus der Dusche war Wasserrauschen zu vernehmen. Eine Etage höher klopfte Zwicky, erst rücksichtsvoll leise, dann energischer. Hinter sich hörte er Schritte auf der Treppe. In einem verschlissenen Morgenmantel, die Füße in Plastiksandalen kam ein älterer Mann heraufgestapft. Er war untersetzt, das weiße Haar stand wirr vom Kopf ab, aber er war frisch rasiert. Hans Aebli. Er musste Anfang sechzig sein, sah aber älter aus.

»Wer sind Sie, was wollen Sie?«, fragte er argwöhnisch.

Der Polizist sagte ihm, wer er war und dass er sich gern mit ihm unterhalten würde. Es gehe um reine Routineauskünfte. Sie einigten sich darauf, dass er draußen warten würde, bis Aebli sich gesellschaftsfähig gemacht hatte. Nach zehn Minuten ging die Tür auf. Aebli trug nun eine graue Hose, ein braunes Hemd, das schon bessere Tage gesehen hatte, aber sauber war, und eine ausgeleierte Strickjacke. Die Haare waren einigermaßen gekämmt. Zwicky hatte sich überlegt, dass es besser wäre, sie würden sich in Aeblis Zimmer unterhalten, damit sie keine Zuhörer hatten. Aber als er einen Blick hinein warf, änderte er seine Meinung. Das Zimmer war winzig. Ein schmales Bett, ein wacklig aussehendes Tischchen mit einem Stuhl, ein altersschwacher Schrank – das war es, was Hans Aeblis Zuhause ausmachte. Also setzten sie sich in die Küche. Der alte Mann schlurfte herum, fabrizierte sich einen Kaffee, bot mit einer undeutlichen Hand- und Kopfbewegung auch Zwicky einen an. Er lehnte dankend ab. Schließlich saß der Mann ihm gegenüber, vor sich eine Tasse schwarzen Kaffee und einen Kanten Brot auf einem viel zu großen Teller. Hans Aebli gehörte offensichtlich zur Gemeinschaft der sogenannten Randständigen. Möglicherweise Alkoholiker mit einem nicht sehr fix funktionierenden Hirn. Zwicky hatte Zeit. Aebli biss vom Brot ab, und Zwicky sah, dass ihm vorne zwei Zähne fehlten. Er kaute lange. Dann richtete er seinen Blick auf den Polizisten.

»Ich weiß nichts«, stellte er fest.

»Wovon wissen Sie nichts?«

»Von gar nichts. Sie sagten, Sie wollten Routineauskünfte. Die Polizei will immer etwas herausfinden.

Aber ich weiß nichts. Ich lebe hier allein. Was andere tun, interessiert mich nicht.«

»Vielleicht haben Sie in der Zeitung gelesen …«, setzte Zwicky an.

Schon schüttelte der Alte den Kopf. »Lese keine Zeitung.«

»… oder im Radio gehört«, fuhr Zwicky unbeirrt fort, »dass vor einer Woche bei Linthal hinten im Tierfehd ein toter Mann gefunden worden ist.«

»Mmh.« Das konnte Ja oder Nein heißen.

»Soviel ich weiß, haben Sie diesen Mann vor Jahren gekannt. Er hieß Matthias Freytag.« Er ließ das mal sacken.

»Freytag, so? Gekannt habe ich den?«

»Er arbeitete zur gleichen Zeit in der Bibliothek, als auch Sie dort angestellt waren.«

Aebli schaute an Zwicky vorbei. Nickte. »Sauhund«, murmelte er dann.

»Warum?«, hakte Zwicky rasch nach.

Schweigen.

»Warum war er ein Sauhund?«, insistierte er.

»Ich will Ihnen einmal etwas sagen.« Zwicky stellte sich auf eine ausführliche Stellungnahme ein, von der er den größten Teil wahrscheinlich nicht brauchen konnte. Vermutlich kam es selten vor, dass sich jemand für Aeblis Geschichte interessierte und bereit war, ihm zuzuhören.

»Der Freytag hat mich fertig gemacht.« Er nickte heftig. »Er hat mein Leben kaputt gemacht.« Diesen

Satz musste er selbst erst einmal verdauen, bevor er fortfahren konnte. »Ich hatte eine Arbeit. Eine richtige Arbeit. In dieser Bibliothek.«

»Vorher waren Sie längere Zeit arbeitslos gewesen?«, ermutigte ihn Zwicky.

»Arbeitslos, ja. War nicht selber schuld. Aber dann bekam ich diese Stelle. Bücher. Ich musste Bücher in Regale stellen. In dem Büchermagazin. Riesig. Eine Menge Regale, bis zur Decke. Um zum höchsten Brett zu gelangen, musste man auf eine Leiter steigen.« Nachdrückliches Nicken. »Auf eine Leiter. Musste man schwindelfrei sein.«

Vielleicht nicht ganz einfach für Aebli, falls er damals schon gesoffen hatte.

Umgehend gab dieser die Antwort: »Ich konnte das. Problemfrei.« Pause. »Aber die Bücher waren alle angeschrieben. Auf dem Rücken. Mit Buchstaben und Zahlen. Schwierig. Sie behaupteten, für jedes Buch gebe es einen richtigen Ort, und man müsse es genau an diesen Ort stellen. Bei den anderen Büchern mit den gleichen Buchstaben, in der Reihenfolge der Zahlen. Also die 9 zwischen die 8 und die 10.« Er zuckte die Schultern.

Zwicky nickte geduldig.

»Dann kam dieser Freytag ins Magazin. Suchte ein Buch. Behauptete, ich hätte es falsch zurückgestellt. Weiß nicht, ob das stimmte. Aber er kam mehrmals und blaffte mich an. Fragte nach Büchern. Wie sollte ich wissen, wo die hingekommen waren?« Er schnaufte verächtlich. »Soll er sie doch selber suchen.«

»Haben Sie damals schon getrunken?«

Der Alte schien dem Polizisten diese Frage nicht übel zu nehmen. »Damals ja«, stellte er fest. »Heute nicht mehr. Ich gehe ja schon seit einem Jahr zu diesen Anonymen Alkoholikern. Dort bekomme ich zweimal die Woche ein Nachtessen.«

»Was geschah dann?«, holte Zwicky ihn zum Thema zurück.

»Ich wurde entlassen«, gab Aebli mürrisch zu. »Fristlos. In der Probezeit. Wegen diesem gemeinen Siech.«

»Haben Sie ihn deswegen gehasst?«

»Der hat mich kaputt gemacht. Mein Leben ist ein Scherbenhaufen.«

»Fanden Sie nachher keine Stelle mehr?«

»Nein. Lebe von der Sozialhilfe. Statt einer Wohnung habe ich diese Bruchbude. Zahlt mir das Fürsorgeamt. Warten Sie einen Moment. Muss schnell raus.« Er schlurfte davon, suchte in der Hosentasche ein Taschentuch. Dabei fiel ein kleines Papier auf den Boden, ohne dass er es bemerkte. Kaum war er draußen, behändigte Zwicky es. Tja, es war ein Zugbillett von Glarus nach Linthal und zurück. Gültig am Samstag vor einer Woche, dem mutmaßlichen Todestag von Freytag. Aebli kehrte von der Toilette zurück. Zwicky fuhr nahtlos weiter.

»Sie haben damals Matthias Freytag bedroht, nicht wahr?«

»Kann mich nicht mehr erinnern.«

»Herr Aebli, hassen Sie Herrn Freytag noch immer?«

»Was geht Sie das an?«

»Er ist tot aufgefunden worden. Wir wissen nicht, woran er gestorben ist. Ob es ein Unfall war, Selbstmord – oder ob ihn jemand getötet hat.«

Jetzt fiel bei dem Alten endlich der Zwanziger. »Und das wollen Sie jetzt mir anhängen, was? Ihr seid doch alles die gleichen Halunken.« Seine Hände zitterten jetzt, er hustete.

»Haben Sie je daran gedacht, sich an ihm zu rächen?«

Schweigen.

Zwicky glaubte nicht im Ernst, dass diese Jammergestalt fähig gewesen wäre, Freytag auf diese Weise umzubringen. Trotzdem hob er nun das Billett auf. »Sie waren an jenem Tag in Linthal. Was wollten Sie dort?«

Aebli fixierte ihn, straffte sich. Wer weiß, dachte der Polizist, vielleicht ist er gar nicht so elend dran, wie er tut. Vielleicht ist das eine Maskerade, um hilflos und harmlos zu erscheinen. Immerhin besucht er die Treffen der AA. Könnte sein, dass er sich wirklich aufgefangen hat.

»Ich wollte am Samstag in Linthal hinten Verwandte besuchen. Sie wohnen im Auen.«

Im Auen. Auf dem Weg ins Tierfehd, registrierte der Polizist.

»Aber ich traf sie nicht an. Also trank ich im ›Adler‹ ein Bier, alkoholfrei natürlich, und fuhr wieder zurück.«

»Wie heißen sie?«

»Blumer. Sepp und Lisbeth Blumer. Das Lisbeth ist eine Cousine von mir.«

»Haben Sie auch schon Rohypnol genommen?«

Große Augen. »Was ist das für ein Zeugs?«

Zwicky ließ es dabei bewenden. Ob der Mann wirklich ahnungslos war oder sich nur unwissend stellte, war nicht zu entscheiden. Jedenfalls gab es auch im Glarnerland Drogenabhängige, die sich ihren Stoff zu beschaffen wussten.

»Ich habe nichts gemacht«, versicherte Aebli. »Ich gehe jetzt auch in die Bibelgruppe.«

Gibt es dort auch zweimal pro Woche Znacht?, hätte Zwicky fast gefragt. Aber er nickte nur höflich. Einer plötzlichen Eingebung folgend fragte er: »Kennen Sie die Frau Doktor Schuler vom Kantonsspital Glarus?«

Die Reaktion kam prompt und heftig: »Diese dumme Schese? Ja, die kenne ich. Nie mehr gehe ich in das Spital!«

Zwicky runzelte fragend die Stirn. Aha, dachte er, ein weiterer Kandidat für Beglingers Artikel. »Hat sie Sie einmal behandelt?«

»Vor zwei Jahren. Ich hatte einen Abszess, den sie mir operieren mussten. Verdammt weh hat das getan. Und diese Schuler wollte mir nachher keine Schmerztabletten geben. Tat so von oben herab. Der hat das gefallen, mich zu plagen.« Er zitterte vor Empörung.

»Sie ist auch tot.«

»Recht geschieht ihr.«

»Auch bei ihr weiß man nicht, ob sie vielleicht getötet worden ist.«

»Und das soll jetzt wieder ich gewesen sein? Braucht ihr einen Sündenbock, einen armen Cheib, der sich nicht wehren kann?« Jetzt war er wieder der kaputte, wehrlose Ex-Säufer, der gar nicht imstande wäre, sich irgendeinen Mordplan auszudenken.

Einer plötzlicher Eingebung folgend, fragte Zwicky: »Können Sie eigentlich Auto fahren?«

Aebli nickte. »Klar. Habe ich gelernt, als ich jung war.«

»Aber ein Auto haben Sie nicht?«

»Woher denn? Aber«, merkte er mit einem gewissen Stolz an, »wenn ich wo hinfahren will, kriege ich schon einen Wagen. Ein Kollege von mir ist bei ›Mobility‹ dabei.«

»Kennen Sie die Barbara Amsler aus Schwanden?«

Aebli schüttelte den Kopf. Er war jetzt misstrauisch, würde bestimmt nichts mehr preisgeben. Zwicky dankte ihm für seine Auskünfte. »Wenn Ihnen noch etwas in den Sinn kommt, dürfen Sie mich gern anrufen.« Er steckte ihm seine Karte zu. Der Mann sah nicht so aus, als ob er jemals anrufen würde.

Auf dem Rückweg in sein Büro fasste Zwicky seine Eindrücke von Hans Aebli für sich zusammen: Ein heruntergekommener Typ mit einem vernebelten Kopf. Auch wenn er seit zwei Jahren nicht mehr soff – die kaputten Hirnzellen kamen nicht zurück. Und doch hatte er sich ein Quäntchen Schlauheit, einen Rest von

Lebenstüchtigkeit und Selbstachtung bewahrt. War er einer, der sich doch zu wehren wusste? Bibelgruppe und AA – da steckte wohl schon mehr dahinter als ein gelegentliches Abendessen.

Interessant war es schon: Jetzt hatte er zwei Personen aufgespürt, die schlecht auf Matthias Freytag und auf Doro Schuler zu sprechen waren. Ging das bis zu einem Mordmotiv? Aber beiden traute er Planung und Durchführung nicht wirklich zu. Der Amsler noch eher als dem Aebli. Wenn Aebli jemanden umbringen würde, täte er es im Affekt mit einem Pflasterstein – falls er nicht daneben träfe. Auch wenn er nicht mehr trank, wenn er sich mit Hilfe der AA und der Bibelgruppe tatsächlich aufgefangen hatte, in ein angenehmes Leben würde er dennoch nicht zurückfinden; anstellen würde ihn mit dieser Vorgeschichte und in seinem Alter auch der toleranteste Arbeitgeber nicht. Das könnte seine Wut auf Matthias Freytag aufs Neue entfachen. Freytag war in Aeblis Augen, in seiner verzerrten Wahrnehmung, die Person, die ihn aus einem geordneten Leben hinauskatapultiert hatte. Er könnte einen Racheplan geschmiedet haben, um eine Art Gerechtigkeit wiederherzustellen. Hatte er ihn angerufen, um eine Aussprache gebeten? Angetönt, er habe sich verändert und habe den Wunsch, mit den Fehlern seiner Vergangenheit abzuschließen? Freytag wäre wahrscheinlich darauf eingegangen. Hatten die beiden die Wanderung ins Tierfehd gemeinsam unternommen? Aebli hätte Freytag einen mit dem Medikament gepanschten Schnaps angeboten, dann einen zweiten, was dieser aus Höflichkeit akzeptiert hatte. So könnte es gewesen sein. Hingegen mit dem Tod von Doro Schuler hatte der Alte garantiert nichts zu tun. Die hätte sich bestimmt nicht mit ihm zum Pilzessen verabredet.

War es denkbar, dass Aebli und Amsler zusammengearbeitet hatten? Sie das Gehirn, er der Mann fürs Grobe? Er verzog das Gesicht. Unsinn, über sich selbst amüsiert. Ich müsste einen Krimi schreiben, dachte er, Ideen hätte ich.

18 GEHEIMCODE

Am Nachmittag nahm Zwicky das Heft, das er am Freitag in Matthias Freytags Wohnung entdeckt hatte, aus der Schublade. Er schlug es auf. Die Schrift musste kyrillisch sein, so viel erkannte er. Aber lesen konnte er sie nicht. Mit Zwickys Fremdsprachenkenntnissen war es nicht sehr weit her. Englisch sprach er, dank Agnes, leidlich. Französisch war immer eine Schulsprache geblieben, auf Italienisch wusste er sich in den Ferien durchzuschlagen. Aber Russisch? Nein.

Er durchblätterte das Heft. Es hatte das Format DIN A5, einen festen schwarzen Einband, die Blätter waren fein liniert. Freytags Schrift war gut lesbar, er hatte in Druckschrift geschrieben, die Buchstaben standen ordentlich auf den Linien. Die meisten Einträge waren recht kurz, und sie waren überschrieben mit einer Zeile, die Zwicky für das Datum hielt. Eine Ziffer zwischen 1 und 31, dann ein Wort, das sich in aufeinanderfolgenden Einträgen wiederholte und schließlich eine Jahreszahl. Der älteste Eintrag datierte vor acht Jahren. Ein Tagebuch. Entweder hatte Freytag damit seine Russischkenntnisse üben wollen, oder aber es enthielt Gedanken, Geschichten, Erinnerungen, Ideen, die er streng für sich behalten wollte. Nun würde es entschlüsselt werden – hoffentlich, jedenfalls. Würde es verraten, mit wem sich Freytag am Samstag vor einer Woche getroffen hatte? Ob ihm jemand bös wollte?

Es gab in Niederurnen einen Russen, Alexej Borisow, den das Gericht oder die Polizei in den seltenen Fällen, in denen sie einen Übersetzer oder Dolmetscher brauchten, hinzuzogen. Er war Tierarzt. Zwicky rief ihn an und erreichte ihn auf einem Bauernhof in Hätzingen, wo er gerade erfolgreich einer Kuh beim Kalben geholfen hatte. Er trinke jetzt zuerst noch einen Kaffee in der Bauernküche, dann fahre er in seine Praxis zurück. Zwicky könne um drei Uhr kommen. Borisow war ein Hüne von Mann, groß, breit, volles Haar, eine tiefe Stimme – das Klischeebild eines Russen. Ihn hatte vor Jahren die Liebe in die Schweiz verschlagen. Seine Frau war ebenfalls groß und kräftig, sie arbeitete bei einem internationalen Konzern in Zürich. Borisow kannte sich mit Vieh ebenso aus wie mit Hunden und Katzen. Er sprach fließend, aber mit einem starken Akzent, Deutsch. Mit dem Glarner Dialekt wollte er nichts zu tun haben, er hatte in fünfzehn Jahren nicht gelernt, ihn zu verstehen. Die Bauern mussten wohl oder übel ihr selten gebrauchtes Hochdeutsch hervorkramen, wenn sie ihn brauchten. Beliebt war er dennoch, denn er verstand sich auf sein Metier, nahm sich Zeit für seine Patienten und ihre Besitzer und stellte moderate Rechnungen. Die Frauen fanden, er sehe gut aus, und es gingen Gerüchte um, er sei seiner Frau nicht immer treu.

Er schaute sich den Stapel Kopien an. Lange. Gründlich. Blätterte vor und zurück. Strich sich über den Bart, schüttelte den Kopf. Zwicky sah ihn fragend an.

»Russisch ist das nicht«, erklärte Borisow. »Kyrillisch geschrieben, das ja. Ich kann den Text lesen – aber ich verstehe ihn nicht. Mit Sicherheit kann ich sagen, dass die Sprache, in der er verfasst ist, weder Russisch noch Serbisch, weder Ukrainisch noch Bulgarisch ist. Es ist eine Sprache, die ich nicht kenne.«

Hm. Hatte sich der Sprachkünstler Freytag also ein besonderes Spiel erlaubt, dachte Zwicky. Hatte jongliert mit Sprache und Schrift. Mit Niederschreiben und Verbergen. Hatte er gar eine eigene Sprache erfunden und sie in eine fremde Schrift gekleidet? Was nun? Würde sein Tagebuch ein Rätsel bleiben? Oder gab es eine Chance, es zu entschlüsseln?

Der Polizist sah einen einzigen Ansatzpunkt, in das Geheimnis einzudringen. »Könnten Sie den Text transkribieren, also in unsere Schrift umschreiben? Vielleicht könnte ich auf diesem Weg herausfinden, in welcher Sprache er geschrieben ist.«

Borisow nickte. »Ja, das kann ich tun. Wobei ich es natürlich phonetisch tun muss. Für die Rechtschreibung kann ich keinesfalls garantieren.«

»Ja, schon gut. Könnten Sie …«

Borisow unterbrach: »… es bis gestern fertig haben? Das wollten Sie doch fragen, oder? Nein, ich habe auch noch anderes zu tun. Im Wartezimmer sitzen bereits zwei Patienten mit ihren Betreuern.« Ein leises Miauen und ein kurzes, scharfes Bellen bestätigten Borisows Argument.

»Okay. Aber könnten Sie immerhin eine Eintragung schon heute transkribieren? Das würde mir schon helfen bei der Suche nach der richtigen Sprache.«

»Ja, das mache ich heute Abend. Eine große Arbeit ist es nicht.«

Zwicky bedankte sich und ging. Beim Praxiseingang kreuzte er ein Mädchen, das ein mutlos wirkendes Kaninchen, das den Kopf hängen ließ, auf dem Arm trug.

Borisow war zuverlässig. Am nächsten Morgen meldete er sich. »Ich kann die erste Seite scannen und Ihnen mailen, okay? Ich habe immer noch keine Ahnung, was das für eine Sprache ist. Jedenfalls keine romanische und keine slawische Sprache. Für den Rest des Textes brauche ich noch zwei, drei Tage.«

Nun druckte Zwicky den Text aus und starrte darauf. Versuchte probeweise, sich etwas vorzulesen. Unsicher, stolpernd. Was das wohl hieß, was er da vor sich hin murmelte? Einen Text in dieser Sprache hatte er noch nie vor sich gehabt, auch nicht irgendwo in den Ferien.

Nach einem kurzen Telefonat mit André Freytag war der Polizist wieder einmal auf dem Weg nach Ziegelbrücke, in der Aktenmappe das transkribierte Textstück. Freytag zuckte nur ratlos die Schultern, als er einen Blick darauf warf. Zwicky erklärte ihm, was er vorhatte. Sie waren in Matthias Freytags Wohnung, im kleinen, nicht sehr hellen Wohnzimmer. Seit er das letzte Mal da gewesen war, war nichts verändert worden. Auch geputzt hatte niemand.

»Ich vergleiche diesen Text mit den Sprachlehrwerken und Wörterbüchern. Da hoffe ich auf eine Übereinstimmung zu stoßen, zumindest auf ein Wort, von dem aus ich weitersuchen kann.«

»Dann dürfen Sie nicht vergessen, dass es gewisse Wörter in mehr als einer Sprache gibt«, gab Freytag zu bedenken. Und dann könnten es auch noch ›falsche Freunde‹ sein.«

»Wie?«

»›Falsche Freunde‹ nennt man Wörter, die es in zwei Sprachen gibt, aber in jeder Sprache etwas anderes bedeuten.«

»Damit komme ich schon zurecht«, Zwicky war im Geheimen etwas ärgerlich über Freytags Einmischung. »Wenn ich eine Übereinstimmung finde, prüfe ich natürlich noch weitere Wörter.«

»Möglich wäre es auch, dass die Sprache eigentlich in einer dritten Schrift geschrieben wird: tamilisch, arabisch, chinesisch.«

»Irgendwo muss ich ja anfangen«, gab Zwicky ungeduldig zurück.

Freytag ging in sein Atelier und überließ dem Polizisten die Sprachenrecherche. Dieser holte die Sprachbücher aus dem Regal und baute sie auf dem Tisch auf. Es war ein beeindruckender Stapel. Französische, englische und italienische Bücher ließ er weg. Es waren immer noch genügend, die er zu prüfen hatte. Freytag musste ein Sprachgenie und ein Besessener gewesen sein: Ukrainisch, Iwrit, Swahili, Lettisch, Japanisch, Maltesisch, Türkisch und Albanisch. Offenbar hatte er eine Vorliebe für schwierige und entlegene Sprachen gehabt. Es war ihm vermutlich mehr um die Sprache als um die Kommunikation gegangen.

Zwicky begann mit dem Türkischwörterbuch. Suchte, blätterte, schaute hin und her zwischen zwei Sorten von unbekannten Wörtern. Keine Übereinstimmungen mit Wörtern seines Textes. Beim Hebräischen war er chancenlos wegen der fremden Schriftzeichen. Swahili war's auch nicht. Beim Japanischen wurde er aus Schriftzeichen und Silben nicht schlau. »Hoffentlich hat der Kerl sich nicht auf Japanisch ausgedrückt«, murmelte Zwicky, missmutig beim Gedanken, eventuell vor André Freytag sein Scheitern eingestehen zu müssen. Er machte eine Pause, holte sich in der Küche ein Glas Wasser, das er in einem Zug leerte, und schaute ein paar Minuten aus dem Fenster, blickte über die weite grün-weiße Ebene. Das Ukrainischbuch schob er beiseite. Borisow hatte gesagt, Ukrainisch sei es nicht. Blieben noch Albanisch, Maltesisch und Lettisch. Endlich wurde er fündig: Auf Lettisch hatte Matthias Freytag seine Gedanken formuliert, eingepackt in kyrillische Buchstaben. Ausgerechnet Lettisch! Wo, um alles in der Welt, konnte er im Glarnerland eine Lettisch sprechende Person auftreiben? An den Volkshochschulen gab es seines Wissens keine Lettischkurse. Gab es in der Schweiz überhaupt jemanden, der Lettisch konnte? Immerhin wusste er jetzt mal so viel, und es war klar, wie es jetzt weiterging. Zwicky versorgte die Sprachlehrwerke wieder im Regal. Nur das Lettischbuch packte er ein, dazu noch jenes andere, das ihm letztes Mal beiläufig aufgefallen war.

Er ging zu André Freytag ins Atelier hinunter und meldete ihm, dass er die erste Stufe des Codes geknackt hatte. Freytag zeigte sich beeindruckt. Aber einen Letten kannte er auch nicht.

»In Zürich werde ich bestimmt einen Übersetzer finden«, sagte Zwicky schnell, bevor Freytag ihm mit einem Ratschlag zuvorkommen konnte. »Es gibt dort zweifellos Gerichtsdolmetscher.«

»Matthias hat die Sprachen nicht gelernt, um mit jemandem zu sprechen«, sagte André, »sondern einzig, um sie kennenzulernen. Er hat sich in sie vertieft, in den Klang, die Grammatik, die Wortbildung, die Art, wie Sätze gebaut werden. Für ihn waren Sprachen eine lebendige Welt, kein Mittel zum Zweck der Kommunikation, kein Weg zu den Menschen, sondern ein Ort, an dem er allein sein konnte, sich nie langweilte, ein Ort, der sich nie erschöpfte.«

»Kann man sich denn so viele Sprachen merken?«, fragte der Polizist, wieder versöhnt mit Freytag, »ich meine, die Wörter, die grammatischen Regeln und all das? Beginnt man nicht, Wörter zu verwechseln, ins Lettische versehentlich ein maltesisches Wort einfließen zu lassen und so?«

»Matthias hatte ein sehr gutes Gedächtnis«, erwiderte André. »Und er übte viel. Wenn man sich nicht ständig mit den Sprachen befasst, pflegte er zu sagen, geschieht nur eines: Man vergisst. Es wundert mich deshalb gar nicht, dass er ein Tagebuch in einer fremden Sprache schrieb und das noch mit einer anderen Schrift kombinierte.« Er lächelte. »Laila und Doris versuchte er, die Liebe zu Sprachen nahe zu bringen. Er redete mit ihnen ausschließlich Italienisch. Und tatsächlich, beide verstehen es mühelos und sprechen es auch recht gut. Es geschah ganz von selbst, wie das bei Kindern ist, obwohl sie sich anfangs ein wenig dagegen sträubten. Das Fremde war ihnen ein bisschen unheimlich. Aber mit der Zeit war es ihnen eben nicht mehr fremd. Ich hätte es ja lieber gesehen, wenn Matthias sie ins Französische eingeführt hätte«, fügte Freytag, nun ganz Erzieher, hinzu. »Das ist schwieriger zu erlernen, und sie hätten dann in der Schule einen Vorsprung gehabt. Aber da ließ sich Matthias natürlich nicht dreinreden. Von Nützlichkeitsaspekten wollte er nichts wissen. Ich hoffe wirklich, dass die beiden ihr Italienisch nicht wieder vergessen.«

Mitte Nachmittag war Zwicky zurück im Büro. Er machte sich daran, einen lettischen Übersetzer zu suchen. Es dauerte längere Zeit, bis er eine in Bern lebende Lettin aufgespürt hatte, eine Angestellte beim Weltpostverein, die für die Polizei, selten für Flüchtlingsbefragungen und ab und zu für Gerichte dolmetschte. Ihre Referenzen waren gut. Er erreichte sie telefonisch. Iveta Emsis reagierte auf seine Anfrage und Erklärungen überrascht, aber auch interessiert. Ja, sie würde sich diesen Text gern ansehen und ihn ins Deutsche übertragen, sagte sie. Das sei eine sehr spezielle Geschichte. Allerdings sei ihr Deutsch zwar gut, aber nicht perfekt. Ganz fehlerlos werde sie die Übersetzung wohl nicht abliefern können, aber sicher verständlich. Vertraulich? Ja, selbstredend. Alle ihre Dolmetscher- und Übersetzungsarbeiten seien vertraulich, das sei für sie selbstverständlich.

Zwicky erklärte, er werde ihr den Text von einem Kurier überbringen lassen, sobald er die Transkription von Borisow erhalten habe. Transkribieren könne sie auch, bot die Lettin an, sie habe in der Schule Russisch gelernt. Also entband Zwicky Borisow von seiner Fleißarbeit, der darüber nicht unglücklich war, und schickte eine Textkopie an Iveta Emsis. Das war ja wie am Schnürchen gelaufen. Es war nun zwar sieben Uhr geworden, aber Agnes würde auch nicht früher von der Arbeit heimkommen.

Er ergänzte seinen Bericht um die Gespräche mit Peter Bühler und Hans Aebli und den Fortschritten in Sachen Tagebuch und schickte ihn an Streiff. Auf sein Schreiben vom Freitagabend war noch keine Reaktion gekommen. Das war auch nicht zu erwarten gewesen. Dennoch war er gespannt gewesen und nun leicht enttäuscht. Morgen vielleicht, hoffte er.

19 HIN UND HER

Schon am Morgen war es sonnig. Auf der Straße lag kein Schnee, aber wenn Zwicky die Hänge hinaufblickte, sah er Schneeflecken, die weiter oben immer größer wurden. Es war kalt, er hatte die Heizung im Auto eingeschaltet. Er fuhr durchs Tal, durch die kleinen Dörfer, die sich rechts und links der Straße reihten, Richtung Linthal. Er hatte keine Ahnung, ob sein Vorhaben erfolgreich sein würde. Eher nicht, vermutete er. Trotzdem. Er lenkte das Auto durch Rüti und fuhr gleich darauf in Linthal ein.

Matthias Freytag musste, falls er nicht Selbstmord begangen hatte, im Tierfehd jemanden getroffen haben, vielleicht zufällig, vielleicht hatte er sich mit jemandem verabredet. Und diese Person musste irgendwie ins Tierfehd gekommen sein. Möglich war, dass sie auch zu Fuß gekommen war, eventuell sogar zusammen mit Freytag. Wahrscheinlicher schien es Zwicky aber, dass der andere mit dem Auto gekommen war, auf dem Fahrsträßchen. Rechts und links der Straße gab es in einiger Entfernung ein paar kleine Gehöfte. Er war nun auf dem Weg, die Bewohner zu fragen, ob sie an jenem Samstag vor einer Woche Autos bemerkt hatten, die ins Tierfehd fuhren oder zurückkamen. Die Chance, dass sich jemand erinnerte, war nicht groß, das war ihm bewusst. Die Leute hatten anderes zu tun, als auf Autos zu achten, die vorbeifuhren – und sich dann noch zu merken, an welchem Tag was für Wagen auf der Straße gewesen waren. Dennoch wollte der Polizist nochmals ganz am Anfang ansetzen, dort, wo der erste Tote gefunden worden war.

Er hielt beim ersten Bauernhaus, relativ nahe beim Dorfausgang. *Blumer* war am Briefkasten angeschrieben, *Josef Blumer*. Moment, dieser Name kam ihm bekannt vor. Stimmt – Hans Aebli hatte doch erzählt, er habe seine Cousine Lisbeth und ihren Mann Sepp im Auen besuchen wollen. Allerdings seien die beiden nicht zu Hause gewesen. Dann hatten sie natürlich auch keine Autos gesehen. Dennoch klingelte Zwicky. Die Frau öffnete. Zwicky stellte sich vor. Sie reagierte so wie viele Leute angesichts eines Polizisten. Höflich, aber leicht abwehrend. Meinte der, sie habe etwas angestellt? Er brauche lediglich eine kleine Auskunft, beruhigte der Polizist. Sie bat ihn herein.

»Sie wohnen ja recht nahe bei der Straße«, begann er, »fällt es Ihnen auf, wenn am Wochenende Autos ins Tierfehd fahren?«

Lisbeth Blumer war anzusehen, dass sie diese Frage merkwürdig fand. Dann schaltete sie. »Geht es um diesen armen Kerl, der dort hinten umgekommen ist? Ist er hingefahren?«

»Ja. Er wurde am Samstag vor einer Woche gefunden. Ist Ihnen vielleicht am Samstagmorgen ein Auto aufgefallen? Waren Sie überhaupt zu Hause?«

Die Frau überlegte. »Ja, zu Hause waren wir. Aber wir haben keine Zeit, aus dem Fenster zu schauen. Der Mann war die halbe Zeit im Stall, ich habe geputzt, das mache ich immer am Samstagmorgen, damit das Haus am Sonntag eine Gattig macht. Ein Auto? Nein.«

Zwicky ließ ihr Zeit.

»Unter der Woche ist natürlich einiger Verkehr wegen der Baustelle. Aber am Wochenende ist niemand dort hinten, die Arbeiter fahren zu ihren Familien, und jetzt, im November, ist auch das Restaurant zu.«

»Gerade deshalb könnte es ja auffallen, wenn ein Wagen vorbeikäme.«

Sie zuckte die Schultern. »Ich kann noch schnell den Mann fragen.« Sie verschwand. Kam nach einigen Minuten wieder. »Nein, Sepp hat auch nichts bemerkt.«

In diesem Haus war nichts zu machen, befand Zwicky. Aber da war noch etwas. »Hat an jenem Samstag Ihr Cousin Hans Aebli bei Ihnen einen Besuch gemacht?«

»Hans? Nein, der war nicht hier.«

»Kommt er öfter?«

»Es geht. Wenn es ihm in Glarus zu langweilig wird. Er hat ja nicht viel zu tun. Arbeitet nicht. Wohnt in einem möblierten Zimmer. Warum?«

Zwicky überging ihre Frage. »Wenn er kommt, kommt er dann mit dem Zug?«

»Meistens schon. Vom Bahnhof geht man eine halbe Stunde bis zu uns. Sepp fährt ihn auf dem Rückweg jeweils zum Bahnhof. Aber«, sie lachte kurz auf, »vor einem halben Jahr ist er einmal mit einem Auto aufgekreuzt. Ich sage noch zum Mann, woher hat der Hans jetzt plötzlich ein Auto, der hat doch kein Geld. Es war glaub ein Firmenauto, rot mit einem weißen Schriftzug. Was stand bloß darauf?« Sie versuchte sich zu erinnern. »Möbel oder so etwas. Ein Wagen von einem Möbelgeschäft wahrscheinlich. Warum? Hatte er das Auto gestohlen? Fragen Sie deshalb danach?«

»Nein, nein, Herr Aebli hat nichts Unrechtes getan. Mehr darf ich Ihnen nicht sagen, aber Sie haben mir mit Ihrer Auskunft sehr geholfen.«

Lisbeth Blumer sah ein bisschen unzufrieden aus. Jetzt, wo es spannend wurde, verabschiedete sich dieser Polizist einfach. Sie konnte Hans nicht einmal anrufen, er hatte kein Handy. Sie eilte zum Stall.

Im Auto war es wieder kalt. Es lohnte sich nicht, für die wenigen Minuten bis zum nächsten Haus die Heizung anzumachen. Zwicky überlegte. Aebli war an jenem Samstag in Linthal gewesen. Das bewies das Zugbillett, und der Mann hatte es auch zugegeben. Aber er hatte nicht seine Verwandten besucht, hatte das aber Zwicky gegenüber behauptet. Warum? Was hatte er sonst in Linthal zu tun gehabt? Jedenfalls stimmte es offenbar, dass er sich ab und an ein Mobility-Auto ausleihen konnte.

Zwicky hielt vor dem nächsten Bauernhof. Auch hier hatte niemand ein Auto bemerkt. Die Leute schüttelten den Kopf über die Idee, sie sollten sich an den Samstag vor zehn Tagen erinnern – und dann noch an eine so unbedeutende Kleinigkeit. Zwicky nahm die verständnislosen Reaktionen gelassen. Das war ja zu erwarten gewesen. Trotzdem machte er weiter. Auch bei zwei weiteren Häusern kam er nicht weiter. Noch einen Hof mache ich, nahm er sich vor, langsam doch etwas missmutig. Er bog in den Weg ein, der zum Haus führte.

Eine alte Frau öffnete, Frau Jenny. Bei ihr war ein etwa achtjähriger Bub, der den rechten Arm in einer Schlinge trug, aber dennoch recht vergnügt an der Seite der Großmutter den fremden Besucher musterte. Zwicky sagte, wer er war, Polizist aus Glarus, und was er wollte, nämlich nur ein paar Auskünfte. Frau Jenny bat ihn herein, freundlicher als die bisher befragten Dorfbewohner, die ihn zum Teil an der Haustür abgefertigt hatten, als wäre er ein Hausierer. Ihr schien ein Gast willkommen zu sein. Sie setzten sich in die Küche.

»Nehmen Sie einen Kaffee?« Zwicky nickte dankbar. Sie nahm eine Kanne vom Herd und schenkte ihnen beiden eine große Tasse ein, stellte eine Zuckerdose und einen Krug Milch auf den Tisch. Für den Jungen machte sie eine Ovomaltine.

Sie deutete auch den Enkel. »Der Mathis hat den Arm gebrochen. Hat sich auf einem Baum zu weit auf einen Ast hinausgewagt. Der ist dann abgebrochen. Jetzt bleibt er halt ein wenig bei mir und lernt zu Hause. Der Lehrer bringt ihm amigs am Abend die Hausaufgaben.«

Zwicky schöpfte Hoffnung. Eine Großmutter, die nicht mehr hart arbeitete und auf ihren Enkel aufpasste, und ein Junge, dem vielleicht manchmal langweilig war und der schaute, was sich draußen tat. Der Polizist fragte nach dem Samstag vor einer Woche.

»Hm«, murmelte die Frau, »war das nicht der Samstag, als ds Mammi und dr Pappi nach Glarus fuhren, um eine Winterjacke zu kaufen?«, fragte sie Mathis. »Ja, ich glaube. Du und ich blieben zu Hause.« An Zwicky gewandt: »Warum?«

Er erklärte, erwähnte Matthias Freytag, fragte, ob sie zufällig ein Auto bemerkt hätten.

»Warten Sie – ja, stimmt. Nicht wahr, Mathis, wir haben doch das rote Auto gesehen, das hinauffuhr.« Der Junge nickte.

»Ich habe noch gesagt, das sei sicher einer, der im ›Tödi‹ einen Kaffee trinken wollte und nicht wusste, dass das Restaurant geschlossen war.«

Es geschehen noch Zeichen und Wunder, dachte Zwicky, unglaublich.

»Wie sah es genau aus?«, hakte er nach, darum bemüht, sich seine Aufregung nicht anmerken zu lassen. »Wisst ihr, was für eine Marke es war? Hatte es eine Glarner Nummer?«

Die alte Frau schüttelte bedauernd den Kopf. »Ich verstehe mich nicht auf Autos. Und um die Nummer zu erkennen, war der Wagen doch zu weit weg. Und du, Mathis?«

Auch der Junge wusste es nicht. »Rot halt«, wiederholte er.

»Hast du es auch wieder zurückkommen gesehen?«

»Nein. Aber später, gegen Abend«, kam es Mathis plötzlich in den Sinn, »ist noch jemand auf einem Fahrrad vorbeigefahren, in Richtung Linthal. Pfeilschnell.«

»Ein Mann oder eine Frau?«

»Weiß nicht. Der Fahrer trug einen Helm.«

»Hast du ihn auch schon hinauffahren gesehen, früher am Tag?«

»Nein. Aber ich habe auch nicht den ganzen Tag aus dem Fenster geschaut. Das rote Auto, das herunterkam, fiel mir auf, weil ich schaute, ob Mutter und Vater endlich kämen.«

Zwicky trank seinen Kaffee aus und verabschiedete sich. Ohne bestimmten Grund machte er noch einen Abstecher ins Tierfehd. Nicht, weil er noch irgendetwas zu finden hoffte. Er wollte sich nur umsehen, sich vorstellen, wie da zwei Menschen miteinander geredet – gestritten? – hatten, wie der eine mit Schlafmittel versetzten Träsch getrunken hatte, bewusstlos geworden war, und wie der andere sich davongemacht hatte. In einem roten Auto? Auf einem Fahrrad? Zu Fuß? War an dem Morgen mehr als ein Auto ins Tierfehd gefahren? Barbara Amsler hatte ein rotes Auto. Hans

Aebli hatte Zugang zu einem roten Auto. Mobility, tja. Sämtliche Wagen der Carsharing-Organisation waren rot. Zwicky kehrte um und fuhr im nun langsam wieder wärmer werdenden Auto nach Glarus zurück.

20 DURCHGEKNALLT?

Streiff, zurück vom Morgenspaziergang, saß am Küchentisch bei einem Kaffee und blätterte durch den neuen Bericht, der am Vorabend eingegangen war. Er hatte ihn gestern nur ausgedruckt und überflogen, zu müde, um sich hinein zu vertiefen. Nun nahm er ihn sich ernsthaft vor. Seltsame Sache, das mit diesem Tagebuch. Musste ein spezieller Typ gewesen sein, dieser Freytag. Hatte ihm dieses Spiel mit Sprachen einfach Spaß gemacht? Oder war er ein misstrauischer Mensch gewesen, der geargwöhnt hatte, dass man ihm nachspionierte? Bruder, Schwägerin oder neugierige Kinder? Hatte er denn etwas zu verbergen gehabt? Die Übersetzung würde es hoffentlich zeigen. Er startete den Laptop und öffnete das Dokument, das er für Zwicky geschrieben hatte. Ergänzte einen Punkt.

Und dann dieser Aebli. Bisschen undurchsichtig. Spielte auf mehreren Registern. Wenn es günstig schien, war er ein bemitleidenswerter abgestürzter Typ ohne Zukunft. Dann wieder gab er sich als Mann, der sich gefangen hatte, der guten Willens war, ein anständiges Leben zu führen, als Mensch, der sich trotz Pech tapfer durchs Leben schlug. Das hieß, er verfügte auf jeden Fall über eine Portion Schlauheit. Er inszenierte sich. Wie kaputt oder wie repariert er war, ließ sich nicht abschätzen. Allzu intelligent war er nicht, aber diese Schlauheit, die war da. Wozu könnte sie ihn befähigen? War ihm zuzutrauen, einen Racheplan zu schmieden – und ihn dann auch auszuführen? Streiff machte sich Notizen. Schrieb einen weiteren Satz in den Textentwurf an Zwicky.

Dann holte er den Staubsauger und machte den Boden sauber. Erst den Wohnzimmerboden, dann zog er das Gerät hinter sich her und saugte den Flur und die Küche. Den Küchenboden wischte er feucht auf, fluchte leise über einen klebrigen Fleck, der nicht weichen wollte, und reinigte zuletzt das Spülbecken. Dann nahm er den Staubsauger ins obere Stockwerk und putzte Schlafzimmer und Bad. Hinterher legte er sich auf das Sofa, schloss die Augen und ließ eine halbe Stunde lang die Gedanken laufen, ohne sie zu steuern, zu suchen, zu verscheuchen.

Später saß er wieder am Arbeitstisch. Zögernd gab er eine Internetadresse ein. Polizeibericht. Das hatte er seit drei Monaten nie getan. Seine Handflächen waren feucht geworden, wenn ihm der Gedanke gekommen war. Angst. Jetzt ging er auf die Seite mit den polizeilichen Meldungen aus dem Kanton Glarus, sah sich dort vorsichtig um. Viel war nicht zu lesen über die beiden Todesfälle. Dann wechselte er zur Website der »Südostschweiz« und las langsam Beglingers Bericht über den Tod von Doro Schuler. Er fühlte sich wie jemand, der sich einem Abgrund nähert und feststellt, dass da ein solider Zaun ist, dass er nicht zu Tode stürzen würde. Bin ich wieder Polizist?, fragte er sich. Zwicky. Was hatte er sich dabei gedacht, als er ihm diesen Fall zugeschanzt hatte? Hatte er damit gerechnet, dass er anbeißen würde? Gehofft? Hatte er es ihm zugetraut? Oder ihn nur aus Mitleid ins Boot geholt? Was dachte er überhaupt über ihn? In seinem Mail hatte Melchior sorgfältig Fragen nach seinem Befinden vermieden. Hatte geschrieben, als würden sie noch immer zusammenarbeiten. »Guten Tag, Chef.« Wie früher. Streiff las nochmals das Dokument, seinen Antwortbericht an Zwicky. Acht Sätze. Schrieb ein kurzes Mail, als ob es ganz üblich wäre, dass sich Melchior und er über Fälle austauschten. Kein Wort über Privates, über seine Gesundheit, über seinen gegenwärtigen Alltag. Hängte den Bericht an. Schickte das Ganze ab.

Valerie. Sie hatte diese Aktion zweifellos eingefädelt. Zwicky hätte sich doch gar nicht getraut. Typisch Valerie. Wie es ihr wohl ging? Sie war wieder in Zürich, im Geschäft. Er schaute auf die Uhr. Mittag. Jetzt hatte sie Pause. Beat griff zum Telefon.

Gespannt öffnete Zwicky das Mail von Streiff. Er kam vom Mittagessen, Kalbsleber mit Rösti, ein Lieblingsgericht, das er nur auswärts aß, da Agnes es nicht mochte. »Was, du als Engländerin magst keine Kalbsleber?«, hatte er sie geneckt. »Dabei esst ihr doch schon zum Frühstück gebratene Nieren.« Sie hatte ihm nachdrücklich versichert, dass sie ganz bestimmt niemals gebratene Nieren essen würde, weder zum Frühstück noch sonst wann. Als Erstes wollte er sich Notizen über die Erkenntnisse des Vormittags im Auen machen. Aber da war das Mail. Zwicky las und atmete tief aus. Es schien ihm gar nicht so schlecht zu gehen, dem Alten. Tönte ja ganz normal. Er bedankte sich für die Portion Denksport, schrieb, die Fälle hätten ihn interessiert, gab zu, die Rätsel nicht gelöst zu haben, aber er habe einige Anregungen für die Weiterarbeit. Zwicky solle ihn doch auf dem Laufenden halten. Melchior freute sich. Ein Lebenszeichen von Streiff, das zeigte, dass er war wie früher, einfach Streiff. Gelassen, mit einem Funken Humor – und immer noch angefressen von seinem Beruf.

Zwicky öffnete den beigefügten Bericht und druckte ihn aus. Er war kurz. Acht Sätze, nummeriert. Melch ging ihn Punkt für Punkt durch. Beim ersten Hinweis stutzte er. Tja, interessante Frage. War ihm nicht in den Sinn gekommen. Könnte allenfalls einiges erklären, aber brachte ihn bei der Lösung nicht weiter. Er las den zweiten Punkt. Seufzte. Ja, und ob er das wollte. Bloß war es eben nicht so einfach. Aber er würde es noch mal versuchen. Aber – er hielt inne – was hatte das mit der Sache zu tun? Hatte Streiff irgendeine Vermutung? Er hätte ihn gern angerufen, um nachzufragen. Beim dritten Punkt lächelte er. Schon erledigt, dachte er zufrieden. Offenbar hatten sich Streiffs Gedanken in eine ähnliche Richtung bewegt wie seine eigenen. Punkt vier: Was wollte Streiff mit dieser Frage? Das war doch bekannt. Sollte er nochmals bei Doktor Bühler nachfragen? Bei den Punkten fünf und sechs biss er sich auf die Unterlippe. Klar, das musste sein, das hatte er auch vorgehabt, aber es war ihm die ganze Zeit anderes dazwischengekommen. Dann las er den siebten Punkt. Einen Moment hielt er den Atem an. Was wollte Streiff denn damit sagen? Aber gut, er würde es tun. Er kam zum letzten Punkt. Stimmt, das ist auch fällig, dachte er, bis er zu den letzten beiden Wörtern kam. Ein Adrenalinstoß fuhr durch seinen Körper. Er haute auf den Tisch. Was fiel dem Alten ein? Was für eine Unverschämtheit! Das würde er ganz bestimmt nicht tun. War Streiff komplett durchgeknallt? Der hatte offensichtlich doch einen Dachschaden! Er warf das Blatt auf den Tisch, stampfte türenknallend hinaus und kam mit einen Kaffee aus dem Automaten wieder ins Büro zurück.

Er zwang sich zur Sachlichkeit. Es machte keinen Sinn, das Papier zu zerreißen und das ganze Mail zu löschen. Die meisten Anregungen und Fragen, die Streiff beisteuerte, waren brauchbar, gescheit, konnten die Angelegenheit hoffentlich weiterbringen. Aber welcher Teufel ihn am Schluss geritten hatte – nun, der Chef war wohl ein bisschen zu lange allein, ohne richtigen Kontakt zu Menschen, da konnte er gewisse Dinge nicht richtig einschätzen. Vielleicht war er auch durch den längeren Ausstieg aus dem Beruf unsicher geworden und wollte deshalb alles Mögliche abchecken, egal wie entlegen es war, um ganz sicherzugehen. Ja, man musste diesen Hinweiskatalog so verstehen: als einen ersten Schritt Streiffs zur Wiederaufnahme seiner Arbeit, als ein Experiment. Er war nicht mehr der ihm überlegene Chef, sondern ein Wiedereinsteiger, der sich an der Materie versuchte. Im Hinterkopf wusste Zwicky, dass das hässliche Gedanken waren, dass er sich aufspielte, indem er den anderen schlechtmachte. Aber er nahm Streiff seine letzte Anweisung immer noch gehörig übel. Was für eine Idee!

Aber gut, es gab keinen Grund, die anderen Anregungen in den Wind zu schlagen. Er schickte zwei Polizisten in Doro Schulers Haus. Sie sollten es nochmals durchsuchen. Dann telefonierte er, ließ sich verbinden, wartete, wurde an die richtige Stelle geleitet, stellte seine Frage, wartete und bekam die Antwort. Interessant. Er wählte nochmals eine Nummer, gab eine Anweisung und erhielt die Zusicherung, er habe die Antwort bis morgen. Ein weiteres kurzes Telefon mit Martin Stucki, dem Rechtsmediziner, und eine letzte Anweisung an zwei Streifenpolizisten. Morgen würde er mehr wissen – vielleicht sogar entscheidend mehr? Jedenfalls hatte er heute seinen Feierabend verdient. Agnes hatte gesagt, sie würde kochen. Auf dem Heimweg kaufte Melch eine Flasche Wein.

Im Winterhalbjahr machte Valerie den »FahrGut« über Mittag anderthalb Stunden zu. Priska, ihre Mitarbeiterin, aß im nahe gelegenen Take Away der Migros. Sie selber saß im Büro, löffelte eine Quick Soup und biss in ein Sandwich. Es war angenehm, sich über Mittag eine Weile zurückziehen zu können. Aus dem Radio plätscherte leise Popmusik.

Das Telefon sang eine kurze Melodie. Beat. Valerie verschluckte sich fast am letzten Bissen, würgte ihn hinunter und meldete sich. Über eine Woche hatte er nicht mehr angerufen, und sie hatte sich nicht vorgewagt. Zuerst war sie aufgeregt, fast ein wenig durcheinander. Ja, sie arbeite wieder. Nein, im Laden sei nicht viel los bei diesem Wetter. Es regne ja nur. Da fuhren nur die Hartgesottenen Rad. Und bei ihm? Kein Regen, sagte er, jeden Tag ein bisschen mehr Schnee. Also ist er weiter oben, registrierte Valerie sofort. In den Bergen. Bündnerland? Wallis? Nicht neugierig sein, nicht fragen! Wie geht's dir? Er klang gelassen, zufrieden. Valeries Anspannung löste sich. Spaziergänge? Klar, bei jedem Wetter. Sie spürte durch's Telefon sein Lächeln. Sie fasste sich ein Herz: Das Mail von Melch? Aha. Wusste ich es doch, dass du dahintersteckst. Teufelsmädchen! Ja, ich dachte …, sie stotterte, … es würde dir guttun, äh, ich meine, dich interessieren, falls du dich etwa langweilst ab und zu. Hast du …? Sie hielt inne. Wieder ein kleines Lachen. Ja, er habe. Vielleicht könne Melch mit seinen Ideen etwas anfangen, er habe noch nichts von ihm gehört. Und du kriegst gar nichts zu wissen, das sind laufende Ermittlungen, verstanden? Sie nickte heftig, glücklich, erlöst.

Ja, schon in Ordnung, sie frage ja gar nichts. Bisschen Schweigen zwischen ihnen. Aufgeregtes Schweigen. Wie bei zwei Menschen, zwischen denen noch nichts ausgesprochen ist. Dann er: Magst du mich am Wochenende besuchen? Hatte sie richtig gehört? Besuchen?, japste sie, du meinst, bei dir, dort, wo du jetzt bist? Zweifellos musste er das Klopfen ihres Herzens durch das Telefon hören. Ich hole dich mit dem Auto in Yverdon am Bahnhof ab. Nun war er ganz sachlich. Sonst wird das für dich eine endlose Reise mit Umsteigen und Warten, bis du am Lac de Joux bist. Lac de Joux. Drei Wörter. Sesam, öffne dich.

21 PFUSCH

Melchior schob seinen leeren Teller zurück. »War ausgezeichnet.« Agnes räumte Teller und Besteck zusammen. »Kaffee?« – »Den mach ich.« Melch holte zwei Espressotassen und schaltete die Kaffeemaschine ein. Er seufzte. Bis jetzt war der Abend harmonisch verlaufen, friedlich, entspannt. Diese Stimmung würde er jetzt zerstören. Es musste sein. Agnes und er stritten sich nicht oft. Wenn ihn etwas ärgerte, schwieg er verstimmt, und sie holte dann mit Fragen aus ihm heraus, was los war. Wenn sie auf ihn wütend war, ging es etwas lebhafter zu. Auch dann wurde er nicht gerade redselig. Er verteidigte sich, aber ohne Heftigkeit, oder er gab klein bei. Bei polizeilichen Befragungen konnte Zwicky sehr wohl hart und unerbittlich auftreten und auch mal laut werden. Gegenüber Agnes nie. Er hatte auch jetzt nicht vor, sie einzuschüchtern, aber nachgeben würde er heute nicht. Sie musste endlich herausrücken mit dem Problem, das sie seit Wochen bekümmerte.

»So Mädchen, jetzt reden wir ernsthaft miteinander.«

Sie wusste sofort, was gemeint war. Vermied seinen Blick. Schaute zum Küchenfenster, in dem sie beide gespiegelt waren.

»Schau mich an.«

Sie wagte einen kurzen Blick, ließ den Kopf hängen. Er legte seine Hand auf ihre.

»Was ist los?«

»Ich habe gedacht, ich könnte es vergessen«, sagte sie leise, »aber es funktioniert nicht. Nur, was bringt es, wenn ich es dir beichte? Rückgängig machen lässt sich nichts mehr.«

»Seit Wochen baust du eine Mauer zwischen uns auf. Das tut uns nicht gut. Immerhin das lässt sich rückgängig machen, wir tragen jetzt diese Mauer ab.«

»Ich hatte doch nicht gedacht, dass es so herauskommen würde«, sagte sie mutlos. »Ich glaubte, ich müsse es ihm sagen.«

Melchior wartete geduldig. Sie zog ihre Hand zurück. Schaute ihn an.

»Es ist so: Ich weiß, dass Matthias Freytag sich das Leben genommen hat. Und ich bin schuld daran. Jetzt weißt du es.« Tränen flossen.

»Erklär es mir.«

»Es ist eine lange Geschichte. Wo soll ich beginnen?«

»Vielleicht am Anfang?«, schlug er vor.

»Es gibt zwei Anfänge.« Sie überlegte.

»Also. Vor vielleicht zwei Monaten war ich mit Doktor Rhyner im Aufwachraum. Er ist der Narkosearzt und überwachte einen Patienten nach einer Operation. Er ist jung, weißt du, und manchmal ein bisschen forsch, aber noch ziemlich unerfahren.« Agnes seufzte, dann erzählte sie weiter. »Nach einer OP spritzt man den Patienten kurz vor dem Aufwecken oft Phenylephrin, ein Mittel, das den Blutdruck etwas anhebt. Doktor Rhyner nahm eine Ampulle vom Medikamentenwagen, zog die Spritze auf – und hielt dann abrupt inne. Er rief«, Agnes sprach jetzt langsamer, mit gerunzelter Stirn, weil ihr der Glarner Dialekt nicht leicht von den Lippen kam, »Ohä, etz hani bigoscht fascht ds Letze gnu! Dä wär er gschtorbe, und ich wär bimeid nuch hindere chu. Jetzt habe ich tatsächlich fast das Falsche genommen. Dann wäre er gestorben, und ich wäre wohl im Gefängnis gelandet.«

»Aber er hat es gemerkt«, warf Melchior ein.

»Ja. Er hatte aus Versehen eine Ampulle Noradrenalin erwischt, ein Medikament, das einen sehr schnellen starken Anstieg des Blutdrucks bewirkt und dazu ein Kammerflimmern. Der Patient wäre augenblicklich gestorben.«

»Wie konnte sich dieser Arzt denn so täuschen? Der muss ja eine komplette Niete sein.«

»Die beiden Mittel haben fast die gleiche Farbkennung, deshalb kann man sie leicht verwechseln. Aber jeder Anästhesist weiß natürlich um diese Gefahr. Doktor Rhyner hat ja auch vor dem Spritzen noch einen Blick auf die Ampulle geworfen und dann das richtige Mittel genommen.«

»Dann ist es ja gut ausgegangen«, fasste Melchior zusammen. »Und was war weiter?«

Schweigen.

»Das war ja noch nicht das Ende der Geschichte. Was ist der Zusammenhang zu Matthias Freytags Selbstmord?«

»Vor zehn Jahren, weißt du, da war ich ganz neu hier. Ich konnte ganz gut Deutsch, aber vom Dialekt verstand ich kein Wort. Ich war auch noch unerfahren, ich kannte mich nicht mit allem aus. Mit der Pflege schon, aber nicht mit dem, was die Ärzte tun.«

Vor zehn Jahren?, ging es Melchior durch den Kopf. Er sah Agnes fragend an.

»Ich war nicht Operationsschwester, aber ich durfte mal dabei sein, schauen, wie es läuft, was Anja, die OP-Schwester, alles machte. Die Operation verlief normal, anschließend wurde die Patientin in den Aufwachraum gebracht, und die Narkoseärztin war bei ihr. Ich stand in der offenen Tür, die Ärztin bemerkte mich nicht. Ich traute mich nicht hineinzugehen, weil ich befürchtete, gleich wieder verjagt zu werden. Aber ich wollte gern wissen, wie es der Patientin gleich nach dem Aufwachen ging. Deshalb blieb ich ganz still dort stehen. Die Ärztin nahm eine Ampulle, zog die Spritze auf und spritzte der Patientin, die noch bewusstlos war, das Mittel.«

Agnes schwieg eine Weile. Melch ließ sie, er wusste, dass sie weiterfahren würde. Er nahm einen Schluck Kaffee, der nur noch lauwarm war. Agnes' Tasse war unberührt. Sie schaute auf und bat ihn um etwas Wasser. Er schenkte ihr ein.

»Dann fuhr sie zusammen, die Ärztin. Plötzlich erschrak sie und geriet total in Aufregung. Sie sagte etwas, was ich damals nicht verstand. Aber die Worte brannten sich in mich ein. Die Anästhesistin drückte auf die Notglocke, innerhalb einer halben Minute waren Anja hier, noch eine andere Schwester und der Chirurg, Doktor Bühler. Aber es war nichts mehr zu machen. Die Wiederbelebungsversuche nützten nichts. Die Patientin war tot. Herzstillstand.«

Pause.

»Das kann vorkommen nach einer Operation. Es passiert selten, es ist ein Unglück, aber ganz ausschließen kann man es nicht.«

Pause.

»Die Narkoseärztin war Doktor Schuler, und die Patientin war Helen Freytag.«

Melchior hatte es geahnt. »Das war tragisch, aber damit hattest du doch eigentlich nichts zu tun. Du warst ja nur Beobachterin, hättest nicht eingreifen können.«

»Das stimmt. Aber, wie soll ich es erklären? Ich hatte damals einen Schock. Ich hatte bis dahin nur auf der Medizin gearbeitet, nicht auf der Chirurgie. Dieser plötzliche Todesfall, nachdem die Operation gut verlaufen war, so etwas hatte ich noch nie mitbekommen. Es ist mir immer im Gedächtnis geblieben. Auch das, was Frau Doktor Schuler gesagt hatte, obwohl ich es nicht verstanden hatte.«

Melchior wartete.

»Als ich vor ein paar Wochen Doktor Rhyner hörte, wie er sagte, er hätte fast das falsche Mittel genommen, hörte ich plötzlich wieder Doktor Schuler. Sie hatte etwas Ähnliches gesagt. Auch sie sagte damals: Etz hani bigoscht ds Letze gnu. Etz heißts, uf ds Muul hogge. Jetzt verstand ich es: Jetzt habe ich tatsächlich das Falsche genommen, und nun ist es schon zu spät. Jetzt heißt es, aufs Maul hocken, sonst könnte ich im Gefängnis landen. Dann steckte sie die leere Ampulle ein, nahm vom Wagen eine neue, die sie aufbrach und ins Waschbecken ausleerte. Diese warf sie in den Abfalleimer.

Da wurde mir plötzlich klar, dass Doktor Schuler damals Helen Freytag Noradrenalin anstelle von Phenylephrin verabreicht hatte. Sie war schuld am Tod der Patientin. Und sie hatte es verschwiegen.«

»Kann man nicht feststellen, dass ein falsches Medikament gespritzt worden war?«

»Nein, es lässt sich nicht nachweisen. Es war auch nie die Rede davon, dass Doktor Schuler einen Fehler gemacht hatte.«

»Erzähl weiter«, bat Melchior. »Wirfst du dir vor, dass du den Vorfall damals nicht gemeldet hast?«

Sie schüttelte den Kopf. »Damals konnte ich das nicht wissen. Ich hatte einfach ein ungutes Gefühl. Aber als mir vor zwei Monaten aufging, was vor zehn Jahren geschehen war, machte ich mir Gedanken darüber, was ich mit meinem Wissen anfangen sollte. Es hat mich so bedrückt. Es hätte keinen Sinn gemacht, es der Spitaldirektion zu melden. Es war zehn Jahre her, und ich hätte es nicht beweisen können. Sollte ich es für mich behalten? Vergessen? Sollte ich Frau Doktor Schuler darauf ansprechen? Das hätte nichts gebracht, sie hätte es abgestritten, vielleicht sogar dafür gesorgt, dass ich entlassen werde. Sie kann mich ja ohnehin nicht leiden.«

»Sag, Agnes, bist du dir hundertprozentig sicher, dass sich der Vorfall so abgespielt hat? Es ist zehn Jahre her. Könnte es nicht sein, dass du dir etwas zusammenreimst?«

»Ich bin mir ganz sicher. Ich sehe die Situation vor mir, wie sie mit den Ampullen hantierte, ich höre, was sie sagte, und ich weiß, dass die Gefahr einer solchen Verwechslung der Ampullen besteht.«

»Hast du dann etwas unternommen?«

Agnes' »Ja« kam fast tonlos.

»Sag es mir.«

Nun flüsterte sie. »Ich habe es Helen Freytags Mann erzählt. Matthias Freytag. Mir schien, er habe ein Recht zu wissen, was mit seiner Frau geschehen war. Er war damals so niedergeschmettert, er hat so getrauert, sein ganzes Leben schien in Trümmern zu sein. Ich schrieb ihm, ich würde ihn gern treffen, ohne zu erklären, warum. Er willigte ein. Ich erzählte es ihm. Er sagte mir, es sei gut, dass ich es ihm gesagt habe. Ich wurde ruhiger.«

Agnes schlug die Hände vors Gesicht und schluchzte auf. »Aber das war ein großer Fehler, das Schlimmste, was ich je getan habe. Ich habe seinen ganzen Schmerz wieder aufgewühlt, alles wieder ans Licht gezerrt. Er muss in eine solche Verzweiflung geraten sein, dass er ins Tierfehd ging, um zu sterben.« Der letzte Satz war kaum zu verstehen. »Er hat sich umgebracht, und ich bin schuld.«

»Ganz ruhig.« Melch nahm ihre Hände zwischen die seinen. »Ganz ruhig. Ich finde es nicht falsch, wie du gehandelt hast; ich kann es sogar sehr gut verstehen. Und wir wissen ja gar nicht, wie der Mann gestorben ist.«

»Doch, wie soll es sonst gewesen sein? Und dann war ich so entsetzt, als kurz darauf auch Frau Doktor Schuler tot war. Wie kann das sein? Ein Zufall? Oder bin ich auch daran schuld?«

»Nein, auf keinen Fall. Darüber musst du dir keine Gedanken machen. Aber erzähl mir, wie es gelaufen ist, als du dich mit Matthias Freytag getroffen hast.«

Freytag war nach Glarus gekommen. Es war ein milder, sonniger Herbsttag gewesen, und sie hatten sich auf eine Bank in dem kleinen Park neben dem Bahnhof gesetzt. Freytag war gealtert, aber Agnes hatte ihn gleich erkannt. Er war unsicher gewesen, sie war damals eine junge Krankenschwester gewesen, die sich im Hintergrund hielt. Sie erzählte ihm die Geschichte und auf welchem Umweg sie sich daran erinnert hatte.

»Wie hat er reagiert? Hat er dir geglaubt?«

Ja, er hatte ihr geglaubt. Sie hatte Einzelheiten von Helens Krankheit und den Umständen ihrer Einlieferung ins Spital gekannt. Er war von Agnes' Erzählung sehr betroffen gewesen, aufgewühlt. Fast hatte sie es in dem Moment schon bereut, dass sie diese schmerzvolle Geschichte wieder in die Gegenwart brachte.

Aber Matthias Freytag hatte ihr gedankt, hatte gesagt, es sei richtig gewesen, dass sie es ihm erzählt habe. Es sei gut, dass er nun wisse, wie seine Frau gestorben war. Er hatte sie gefragt, ob sie es noch sonst jemandem erzählt habe, und hatte sie gebeten, es für sich zu behalten. Das hatte sie ihm versprochen. Auch deshalb hatte sie so lange geschwiegen. Sie hatten noch eine Weile auf der Bank nebeneinander gesessen. Er hatte sie ein wenig nach ihrem Leben gefragt, und sie hatte über ihre Arbeit geredet, über schöne und über traurige Erlebnisse. Hatte auch Melchior erwähnt. Da hatte Freytag aufgemerkt. Ein Polizist? Sie hatte versichert, sie werde diese Geschichte streng für sich behalten. Schließlich war er gegangen, auf den Zug, der ihn nach Ziegelbrücke zurückbrachte. Sie, Agnes, war noch eine Zeit lang sitzengeblieben, hatte sich die Begegnung durch den Kopf gehen lassen. Ihr schien, sie habe das Richtige getan. Für ihn sollte es kein Geheimnis geben um das Sterben seiner Frau. Doch einige Wochen später war er tot, und Agnes schien es momentweise, sie könne mit dieser Schuld nicht mehr weiterleben.

Melchior brachte sie in die Realität zurück. »Agnes, könnte jemand euer Gespräch mitgehört haben?«

»Keine Ahnung. Wie kommst du darauf? Wer könnte sich denn für diese private Geschichte interessieren?«

»Ist es theoretisch möglich, dass jemand in der Nähe gesessen hat, zufällig, und deine Erzählung mitbekommen hat?«

»Ich achtete überhaupt nicht darauf und Herr Freytag wohl auch nicht. Aber – nun ja, ausschließen kann ich es nicht. Warum willst du das wissen?«

»Das kann ich dir nicht sagen. Du weißt, ich ermittle in diesem Fall.«

»Es ist kein Fall, das habe ich dir doch jetzt erzählt.«

»Es mag sein, dass Matthias Freytag Suizid begangen hat. Aber erwiesen ist es auch nach deiner Erzählung nicht. Es gibt Gründe, die gegen einen Selbstmord sprechen, und diese sind jetzt nicht vom Tisch gewischt.«

Agnes wunderte sich. »Meinst du wirklich, dass es eine andere Möglichkeit gibt?«

Melch nickte nachdrücklich. »Lass dich nicht von deinen Schuldgefühlen erdrücken, Mädchen, dieses Rätsel ist noch nicht gelöst.«

»Und was ist mit Frau Doktor Schuler? Gibt es da einen Zusammenhang?«

»Keine Ahnung, aber ich dürfte es dir auch nicht sagen. Versuch, dir keine Sorgen mehr darum zu machen.«

»Ich versuch's«, murmelte sie. Es klang nicht überzeugend. »Ich gehe jetzt zu Bett.«

Melchior blieb in der Küche sitzen. Es gab also ein tragisches Geheimnis, das in der Vergangenheit lag. Eine Verbindung zwischen Matthias Freytag und Doro Schuler. Bloß, was bedeutete jene Verbindung für die Gegenwart? Hatte jemand eine Verknüpfung geschaffen? Eine Verknüpfung in Form von zwei Morden?

Wer könnte das Gespräch zwischen Freytag und Agnes belauscht haben? Hans Aebli, der, mangels Beschäftigung, einen warmen Herbstnachmittag in dem kleinen Park verdöste, zufällig ihm bekannte Namen aufschnappte und dann die Ohren spitzte? Barbara Amsler, die es sich an einem freien Nachmittag nach ein paar Einkäufen an der Sonne gut gehen ließ? Etwa gar der Heimweh-Glarner Peter Bühler, den es in die alte Heimat gezogen hatte und der ein bisschen Glarner Luft schnupperte? Oder noch jemand anders? Und wenn jemand zugehört hatte, was hatte er für Schlüsse daraus gezogen? Die Geschichte bot ein Motiv, Doro Schuler, die pfuschende Narkoseärztin, zu erledigen. Freytag hingegen war der Leidtragende. Der *Leidtragende*. Hatte er sich vielleicht doch umgebracht, weil es zu viel für ihn war, dass Helen durch die Schuld von Doktor Schuler gestorben war? Hatte er nicht ertragen können, dass sie noch leben könnte, wenn eine fähige Narkoseärztin sie betreut hätte?

Wusste Peter Bühler von dem tödlichen Kunstfehler, den seine Ex-Frau auf dem Gewissen hatte?

Nochmals tauchte der Gedanke auf, ob Agnes sich wirklich richtig erinnerte. Sie war ganz sicher. Und doch, sich erinnern war keine exakte Wissenschaft, Erinnerungen waren oft eine unsichere Sache, das Gedächtnis ein unberechenbares Ding, das Bilder, Empfindungen, Vorfälle preisgab oder verbarg, das hinzu erfand, wegließ, modulierte, umbaute. Helen Freytags Tod war Agnes seinerzeit nahe gegangen, ebenso wie die Trauer des Witwers. Und sie hatte nach der Operation etwas mitbekommen, was sie sich nicht erklären konnte, etwas, was sie nicht verstanden hatte und ihr unheimlich war. Hatte ihr Gedächtnis nach Freytags Tod willkürlich eine Verknüpfung zwischen den beiden Vorfällen geschaffen, die beide zu erklären schien?

Zwicky hätte gern Streiff angerufen, aber eben, der hielt seine Telefonnummer nach wie vor geheim. Außerdem war er vielleicht bereits schlafen gegangen. Man wusste ja praktisch nichts von den jetzigen Gewohnheiten des Chefs. Es hatte keinen Sinn, nochmals Valerie zu beknien, sie solle mit der Nummer herausrücken. Er konnte Streiff schreiben, antworten würde er ihm bestimmt. Aber er hätte die Sache gern auf der Stelle mit ihm diskutiert. Hatte Streiff gar etwas vermutet? Punkt zwei seiner Empfehlungen lautete: Krieg aus Agnes heraus, warum sie auf die beiden Todesfälle so heftig und aufgewühlt reagiert hat. Voilà. Nun wusste er es, und es konnte tatsächlich wichtig sein. Auch der vierte Punkt war gleichzeitig geklärt worden, jedenfalls wenn Agnes' Erinnerung sie nicht irreführte: Woran ist Helen Freytag eigentlich gestorben?, hatte Streiff scheinbar naiv gefragt. Die Erklärung »Tod nach der Operation eines geplatzten Blinddarms« hatte ihm nicht genügt.

Was würde er, Zwicky, nun mit dieser Geschichte anfangen? Überprüfen, ob Barbara Amsler an jenem Tag frei gehabt hatte? Das wäre kaum festzustellen. Und wo Hans Aebli jenen Nachmittag verbracht hatte, war unmöglich herauszukriegen. Hatte Peter Bühler seinen freien Tag gehabt? Jedenfalls würde er Bühler in die Mangel nehmen, ob er mehr wusste über die Todesumstände von Helen Freytag und die Rolle, die seine Frau dabei gespielt hatte.

22 KLEINE RACHE?

Zum zweiten Mal saß Polizist Zwicky Doktor Bühler gegenüber. Diesmal nicht in seiner eleganten Wohnung, sondern in der kühlen hellen Personalcafeteria des Spitals, in einer durch Pflanzen etwas abgeschirmten Ecke. Er habe nicht viel Zeit, eröffnete der Arzt die Unterhaltung. Er war ungnädig gestimmt, weil sich Zwicky nicht hatte abwimmeln beziehungsweise auf einen Termin nach Bühlers Gusto verschieben lassen.

»Was gibt's?«

Zwicky fühlte sich recht wohl. Er würde heute Tempo und Länge des Gesprächs bestimmen, es sei denn, Bühler würde sich lieber nach Glarus bemühen.

»Warum haben Sie mir verschwiegen, dass Ihre Frau bei der Operation von Helen Freytag einen Kunstfehler beging, der die Patientin das Leben kostete?«, fragte er barsch.

»Was? Wie bitte? Was erzählen Sie für einen Quatsch!« Bühler schien ehrlich erstaunt, mehr noch, empört zu sein.

»Doktor Schuler spritzte der Patientin im Aufwachraum anstelle von Phenylephrin eine Ampulle Noradrenalin.« Zwicky hatte die beiden Wörter während der Autofahrt geübt, und sie kamen ihm jetzt ganz geschmeidig über die Lippen.

Sein Gegenüber starrte ihn verständnislos an, strich sich die Haare zurück.

»Hatten Sie keine Kenntnis davon?«

»Nein. Wie kommen Sie überhaupt auf diese hirnrissige Idee?«

»Es gibt einen Zeugen«, sagte der Polizist mitleidlos und spielte mit seinem Kugelschreiber.

»Einen Zeugen? Zehn Jahre später? Warum hat sich dieser famose Zeuge dann nicht schon vor zehn Jahren gemeldet?«

»Nochmals: Wussten Sie von diesem Kunstfehler Ihrer Frau?«

»Nein. Wirklich nicht.«

»Das soll ich Ihnen glauben? Sie haben doch eng zusammengearbeitet, Sie, der Chirurg, und Frau Doktor Schuler, die Narkoseärztin. Sie waren damals ja noch verheiratet.«

Offenbar hatte der Arzt jetzt beschlossen, sich auf das Gespräch einzulassen. Er überlegte. »Ich habe mir seit unserem letzten Treffen jenen Vorfall durch den Kopf gehen lassen«, gab er zu. »Keinen Chirurgen lässt es kalt, wenn ein Patient quasi auf dem Operationstisch oder noch vor dem Aufwachen stirbt. Und jene Operation war eine an sich unkomplizierte Routinesache.«

Zwicky, dem vor drei Jahren der Blinddarm entfernt worden war, schaute skeptisch.

»Nicht für den Patienten natürlich, aber für den Arzt«, relativierte Bühler. »Wir hatten ganz und gar nicht mit dem Tod der Patientin gerechnet. Es war ein Unglücksfall. Auf einen Fehler gab es keinerlei Hinweise.« Er strich sich wieder das Haar zurück.

Ob auch er sich, wie Martin Stucki, seine Arztkittel maßschneidern ließ?, überlegte Zwicky. »An Ihrer Frau ist Ihnen danach keine Veränderung aufgefallen?«

»Nein. Ich muss aber zugeben, dass wir am Abend nach jener Operation einen Streit hatten. Man macht sich eben doch Gedanken, ob man selbst oder der andere unsorgfältig gearbeitet hat, etwas unterlassen oder übersehen hat.«

»Warum kam es zum Streit?«

Bühler seufzte. »Unsere Ehe war damals schon nicht mehr sehr harmonisch. Vielleicht misstrauten wir einander. Vermuteten gegenseitig, der andere habe gepfuscht.«

»Sie argwöhnten also, Ihre Frau habe einen Fehler begangen?«, bohrte Zwicky.

»Nicht wirklich. Sehen Sie, es gibt zwischen den Chirurgen und den Anästhesisten ab und zu Konflikte. In den Augen der Narkoseärzte sind die Chirurgen, überspitzt gesagt, die Metzger, die Leute fürs Grobe, während sie diejenigen sind, die mit dem Hirn arbeiten, mit subtilen, ausgeklügelten Verfahren dafür sorgen, dass es dem Patienten während der Operation gut geht.«

»Und dieser Konflikt bestand auch zwischen Ihnen und Ihrer Frau?«

»Na ja, im Grunde genommen glaube ich eher, dass sie mich beneidete. Denn der Star ist natürlich der Chirurg, bei ihm bedanken sich die Patienten. Der Anästhesist wirkt im Hintergrund. Und meine Frau stand lieber im Scheinwerferlicht als im Hinterzimmer. Sie hat ja dann auch nach dem einen Jahr von der Anästhesie in die Innere Medizin gewechselt.«

Tja, dachte der Polizist, so hat jedes Paar seine höchstpersönlichen Konflikte, Streitanlässe und Gründe für die Zerrüttung der Liebe. Er dachte an Agnes. Sie war ihm nicht böse, weil er im gestrigen Gespräch so unnachgiebig gewesen war. Eher war sie erleichtert, jedenfalls hatte sie gut geschlafen.

»Trauen Sie Ihrer Frau zu, einen tödlichen Kunstfehler begangen zu haben?« Das fragte Zwicky nicht provozierend, sondern leiser, fast freundlich. Er wollte in seinem Gegenüber keinen Trotz wecken.

Bühler lehnte sich im Stuhl zurück, runzelte die Stirn, verzog den Mund. Zuckte die Schultern. »Was soll ich sagen? Jedem kann einmal ein Fehler passieren. Ärzte sind nicht gefeit davor. Auch wenn bei ihnen sich ein Fehler katastrophal auswirken kann.«

Pause.

»Doro war sicher eine gute Ärztin. Sie hat zügig gearbeitet. Da hat sie schon mal etwas übersehen, meist harmlos, aber trotzdem. Sie hat sich halt nichts sagen lassen. War schon sehr von sich überzeugt. Selbstverständlich wusste sie um die Verwechslungsgefahr bei Phenylephrin und Noradrenalin. Das wissen alle und passen deshalb besonders gut auf. Sie hat sicher nicht so schlampig gearbeitet, dass sie darauf nicht geachtet hat. Das kann ich mir kaum vorstellen.«

Das ist eine etwas gar lange Verteidigungsrede, bilanzierte Zwicky still für sich. Du kannst es dir im Gegenteil sehr gut vorstellen, vermute ich. *Zügig*, das konnte unpräzis heißen. *Was übersehen, meist harmlos*. Schon gut. Was hast du ihr wohl alles für Fehler ausgebügelt? Dafür gesorgt, dass es nicht herauskam? Und jetzt? Eine kleinliche posthume Rache an der Ex-Frau, indem er sie anschwärzte unter dem Deckmäntelchen, sie reinzuwaschen?

Zwicky neigte nun eher dazu zu glauben, dass Agnes' Gedächtnis ihr keinen Streich gespielt hatte. Falls Bühler im Park das Gespräch zwischen Freytag und Agnes mitgehört hatte – wäre das ein Grund für ihn gewesen, seine Ex-Frau zu vergiften? Wollte er eine Untersuchung verhindern, falls es zu einer Anklage käme? Oder wäre es ein Motiv gewesen, Freytag zum Schweigen zu bringen? Aber könnte dann nicht auch Agnes in Gefahr sein? Am liebsten wäre er augenblicklich aufgesprungen und nach Hause gerast. Vielleicht hatte Bühler Agnes gar nicht erkannt, hatte auf ihr Versprechen zu schweigen vertrauen müssen. Jedenfalls saß er jetzt da, in Aarau, weit entfernt von Agnes. Zwicky hatte für den Moment genug gehört. Er verabschiedete sich höflich von Doktor Bühler und setzte sich ins Auto. Aber eine gewisse Sorge ließ sich nicht verscheuchen. Wenn jemand Freytag und Agnes im

Park zugehört hatte, dann hatte diese Person – wer auch immer es war – erfahren, dass Agnes über den Tod von Helen Freytag Bescheid wusste. Konnte das für Agnes gefährlich werden?

23 KAMPFKATZE

Zwicky fuhr nach Feierabend nach Schwanden. Unangekündigt. Vorher hatte er einige telefonische Recherchen angestellt. Es sah nicht besonders gut aus für Frau Amsler, eigentlich gar nicht gut. Mal schauen, ob sie wieder so bereitwillig Auskunft geben würde wie beim ersten Besuch. In der Apotheke sagte ihm die Geschäftsführerin, dass Barbara Amsler am Samstag vor zwei Wochen freigenommen hatte, sie hatte mit einer Kollegin den Dienst getauscht. Diese war ganz froh gewesen, am Samstag zu arbeiten und dafür am Montag frei zu haben, da der Montag der längere Arbeitstag war. Soso, extra freigenommen. Auch auf seine zweite Frage erhielt Zwicky von der Apothekerin eine interessante Antwort: Ja, Rohypnol war ein Medikament, das die Apotheke führte.

Amslers Nachbarn hatten sich erinnert, dass an jenem Tag ihr roter VW Käfer nicht auf dem Parkplatz gestanden hatte. Deshalb hatte ihr Sohn seinen Wagen auf Amslers Parkplatz abgestellt, als er zum Mittagessen gekommen war. Sie fahre oft weg an ihren freien Tagen, aber sie wüssten nicht, wohin. Sie war also unterwegs gewesen. Und sie würde ihm verraten, wo.

Der Polizist parkierte sein Auto ein bisschen entfernt von Barbara Amslers Haus und ging zu Fuß zu ihr. Es war schon dunkel. Aus einem der kleinen Fenster schimmerte Licht. Zwicky klingelte. Es dauerte eine gute Minute, bis er Schritte hörte, den Schlüssel, der im Schloss gedreht wurde. Die Frau öffnete. Sie erkannte ihn sofort, fuhr ein wenig zurück. Nichts von der aufgeregten Freundlichkeit beim ersten Besuch.

»Abend.« Sie musterte ihn unwirsch. »Was wollen Sie? Ich bin grad beim Abendessen.«

Zwicky lächelte entschuldigend. »Nur ein paar Fragen. Dauert nicht lange.«

Barbara Amsler zögerte. Dann wies sie mit dem Kopf nach innen, trat einen Schritt zurück. »Also, kommen Sie.«

Sie ging ihm voraus in die Küche. Wieder diese Gesundheitsschuhe, registrierte er. Auf dem Tisch stand ein Teller, beladen mit Hörnli, über die eine helle grünliche Soße gegossen war. Aha. Eine echte Glarnerin. Aß Zigerhörnli zum Abendessen. Der rezente Duft des Zigers stieg Zwicky in die Nase. Auch er liebte das Gericht und erstaunlicherweise mittlerweile auch Agnes, die zuerst die Nase gerümpft und etwas von »stinken« gemurmelt hatte. Sie schob den Teller mit einem bedauernden Blick zur Seite. »Setzen Sie sich.«

Keine Einladung zu einem Kaffi oder einem Gläschen Schnaps.

Der Polizist nahm Platz. Ganz nahe beim warmen Heizkörper saß die Katze. Wie hatte Amsler sie genannt? Mugerli oder so ähnlich? Das Tier starrte ihn mit kalten Augen an. Ihr Maul war winzig und missbilligend. Du störst, signalisierte sie ihm mit ihrem ganzen Körper. Neben ihr stand ihr Futternapf, noch halb gefüllt. Ach so, registrierte Zwicky. Man isst hier gemeinsam, wie in einer richtigen Familie, und ich bin in die Idylle reingeplatzt.

»Ja?« Barbara Amsler klang ungeduldig.

»Wie gesagt, nur einige Routinefragen. Kennen Sie einen Hans Aebli aus Glarus?«

Die Frau überlegte. »Aebli? So heißen viele. Hans auch.«

»Er hat früher mit Matthias Freytag zusammengearbeitet. In der Bibliothek in Glarus.«

»Ach so, der.« Sie fuhr sich mit der Hand durch den kurz geschnittenen Schopf. »Ja, der wurde doch entlassen, weil Matthias ihn bei den Chefs angeschwärzt hatte. Ein armer Kerl.« Die Empörung war ihr anzuhören. »Das war schon nach Helens Tod, aber bevor Matthias nach Ziegelbrücke zog.«

»Sie hatten oder haben Kontakt mit ihm?«

»Schon lange nicht mehr. Wir haben zwei-, dreimal zusammen Kaffee getrunken. Wir hatten ja beide erfahren, was der Freytag für ein lausiger Typ war. Er hat Helen auf dem Gewissen und diesen Aebli ins Unglück gestürzt. Und mein Leben ist auch nicht mehr, wie es früher war.«

»Sie haben sich also miteinander über Matthias Freytag unterhalten. Sie hassten ihn beide.«

»Ja. Aber der Kontakt ging dann nicht weiter. Er schien mir – nun ja, er war ungepflegt, roch nach Alkohol, führte kein geordnetes Leben. Und er wollte mir ein bisschen zu nahe kommen. So was vertrage ich nicht.« Sie verzog angewidert den Mund.

»Er wurde zudringlich?«

»Nein, er hat nur so Andeutungen gemacht, wir würden vielleicht zusammenpassen. Und dann hat er noch versucht, mich um Medikamente anzubetteln. Weil ich doch in einer Apotheke arbeite und an der Quelle sei. Das hat mir gar nicht gepasst.«

»Was wollte er denn für Medikamente haben?«

»Schmerz- und Schlafmittel, Psychopharmaka. Zeugs halt, das benebelt und beduselt und für eine Weile zufrieden macht.«

»Aber Sie haben ihm nichts gegeben?«, hakte Zwicky nach.

Sie schaute irritiert. »Sicher nicht. Schlüsselblümchentee habe ich ihm angeboten. Aber den wollte er nicht.« Sie kicherte. »Dann ist der Kontakt abgerissen.«

»Warum haben Sie mir diese Geschichte denn nicht erzählt, als ich das erste Mal bei Ihnen war, Frau Amsler?«

Sie stockte. »Ich hatte es in dem Moment einfach vergessen«, sagte sie. »Es war mir nicht wichtig.«

»Hatten Sie vielleicht einen Grund, es mir zu verschweigen? Ist der Kontakt zwischen Ihnen und Herrn Aebli doch nicht ganz abgerissen?«

Sie wehrte ab. »Was hätte ich mit dem zu tun haben wollen? Der war ja ein halber Clochard.«

»Ist Ihnen nicht der Gedanke gekommen, er könnte sich für sein Unglück an Ihrem Schwager gerächt haben?«

Sie verzog verächtlich den Mund. »Diese halbe Portion? Der hätte doch gar nicht gewusst, wie er das anstellen sollte.«

Zwicky ließ es dabei bewenden. Du hättest das sicher viel besser hingekriegt, dachte er sarkastisch. Oder hast du es gar erledigt?

»Noch eine Frage: Sitzen Sie manchmal bei schönem Wetter in dem kleinen Parkrondell beim Bahnhof Glarus?«

»Na ja, warum auch nicht? Wenn ich in Glarus Besorgungen gemacht habe …«

»Vielleicht haben Sie dort vor zwei, drei Monaten Ihren Schwager Matthias Freytag gesehen, wie er ebenfalls auf einer Bank saß?«

»Nein. Warum sollte ich den gesehen haben? Der ist doch nie in Glarus.«

»Er besuchte doch ab und zu Helens Grab.«

Amsler zuckte die Schultern, machte eine wegwerfende Handbewegung. Sie schien nicht nervös zu sein, eher verwundert.

»Haben Sie ihn im Gespräch mit einer etwa dreißigjährigen Frau mit rotblonden Haaren gesehen? Saßen

Sie vielleicht ganz zufällig in ihrer Nähe, weil die Sonne besonders schön auf diese Bank fiel, und haben den beiden ein bisschen zugehört?«

Die Frau runzelte die Stirn. Sie warf einen Blick auf ihr erkaltendes Essen.

»Sie würden mir mit dieser Auskunft sehr helfen«, tat Zwicky freundlich. »Es wäre wichtig für uns zu erfahren, was dort gesprochen wurde.«

»Ich kann Ihnen nicht helfen«, versteifte sich Barbara Amsler. »Ich war nicht im Park, als Freytag dort saß. Hatte er wieder eine neue Frau? So eine junge? Wundert mich bei dem nicht, dass er Helen schon vergessen hat.« Sie presste eine Träne aus dem rechten Auge. Die kann das steuern, realisierte der Polizist, alle Achtung.

»Ich hab's Ihnen ja gesagt, dass er ein Lump ist. Hat sie ihn etwa auf dem Gewissen?«

Keine Ablenkungsmanöver, Madame, dachte Zwicky amüsiert.

»War's das?«

Noch nicht ganz. »Am Samstag vor zwei Wochen«, fuhr der Polizist sinnend fort, »da waren Sie ja frühmorgens an Helens Grab und haben Matthias Freytag gesehen. Wo sind Sie eigentlich nachher hingefahren? Wie haben Sie den Tag verbracht?«

Die Frau musterte ihn misstrauisch. Die Katze stieß ein Miauen aus und sprang ihr auf den Schoß. Amsler begann sie automatisch zu streicheln.

»Weiß ich nicht mehr.«

»Aber Frau Amsler, Sie erinnern sich doch bestimmt

daran, was Sie am zehnten Todestag Ihrer Schwester gemacht haben. Zu Hause waren Sie nicht. Ihr Auto war weg, sagten Stüssis von gegenüber.«

Sie seufzte. »Zuerst habe ich im ›City‹ einen Kaffee getrunken. Dann bin ich herumgefahren.«

»Wo?«

»Ich bin zur Autobahnraststätte ›Glarnerland‹ gefahren. Dort habe ich zu Mittag gegessen. Das mache ich häufig, wenn ich frei habe. Komme ein wenig unter die Leute. Schaue auf die vorbeifahrenden Autos. Lese Heftli. Gönne mir eine Süßigkeit.«

Armes Ding. Das war also ihr Freizeitvergnügen. Aber Mitleid zu haben war hier nicht sein Job.

»Sind Sie an dem Tag nicht eher mit Ihrem Schwager ins Tierfehd gefahren?«

»Bitte?« Pause. »Warum sollte ich? Soll ich etwa mit seinem Tod etwas zu tun haben?« Sie schnaufte.

Die Katze spürte ihren Aufruhr, richtete sich auf, starrte Zwicky drohend an, stieg vom Schoß der Frau auf den Tisch und näherte sich dem Polizisten mit langsamen Schritten. Zwicky wusste, dass ein Katzenbiss gefährlich sein konnte. Blutvergiftung. Starrkrampf. Mist, dachte er, ich fahre nachher sofort in den Notfall, falls das Biest mich angreift. Aber jetzt heißt es Unerschrockenheit simulieren. Er ignorierte das Tier und richtete den Blick auf Barbara Amsler.

»Ihr Auto wurde an jenem Samstagvormittag auf der Straße im Auen gesehen. Es fuhr in Richtung Tierfehd«, bluffte er.

»Jetzt hören Sie aber auf. Was erzählen Sie da für einen traurigen Blödsinn. Mein Auto? Wer hat das gesagt? Ich kenne niemanden im Auen. Die können gar nicht wissen, was ich für einen Wagen habe.« Die Frau war ganz Empörung. Echt oder gespielt? Nicht zu entscheiden. Die Katze drehte sich zu Amsler um, kam zum Schluss, dass sie dort nötiger gebraucht wurde, kehrte um und ließ sich wieder auf ihrem Schoß nieder. Aber sie rollte sich nicht zusammen, sondern saß aufrecht und behielt den Störenfried im Auge. Glück gehabt, dachte Zwicky erleichtert.

»Wir bräuchten dann noch Ihre Fingerabdrücke«, sagte er beiläufig. »Reine Routinesache. Sie können das morgen auf dem Polizeiposten Schwanden erledigen. Sie brauchen nicht extra nach Glarus zu kommen.«

Aber damit hatte er den Bogen offenbar endgültig überspannt. Die Frau nahm sich kaum die Zeit, ihr Mugerli behutsam abzusetzen. Sie sprang auf, die Katze landete mit einem verärgerten Miau auf dem Küchenboden.

»Jetzt ist es genug. Fingerabdrücke! Wie ein Schwerverbrecher! Wenn ihr meine Fingerabdrücke wollt, dann müsst ihr mich abholen, freiwillig gehe ich nicht dorthin. Dann könnt ihr mit Handschellen kommen!«

»Wenn Sie sich weigern«, gab der Polizist, der ebenfalls aufgestanden war, zu bedenken, »sieht es so aus, als ob Sie etwas zu verbergen hätten.« Kleine Pause. »Damit machen Sie sich verdächtig.«

»Wieso verdächtig?«

»Matthias Freytag ist tot.«

»Soll ich also die Mörderin sein?« Sie schluchzte auf. »Dieser Mann hat nur Unglück über unser Leben gebracht. Helen hat er umgebracht. Und ich soll jetzt wegen dem Lump ins Gefängnis. Wie soll ich ihn denn ermordet haben?«

Tja, dachte der Polizist, du hättest wahrscheinlich nicht mit Träsch und Rohypnol experimentiert. Du hättest einfach deine Kampfkatze auf ihn gehetzt.

»Melden Sie sich morgen auf dem Polizeiposten, das ist am einfachsten«, gab sich Zwicky friedfertig. »Sie ersparen sich damit eine Menge Ärger. Wie gesagt, es ist lediglich ein Routinecheck. Das kann Ihnen sogar helfen. Wenn Ihre Fingerabdrücke nicht mit den am Tatort festgestellten Abdrücken übereinstimmen, sind Sie aus dem Schneider.«

»Machen Sie, dass Sie fortkommen.« Barbara Amslers Energie war verpufft. Sie ließ sich schwer auf den Stuhl fallen, die Katze schmiegte sich an ihre Beine. Vermutlich, dachte Streiff, wird sie die Zigerhörnli nicht fertig essen. Eigentlich schade. Er nickte ihr zu, wünschte ihr einen guten Abend und machte sich davon. Die Katze verfolgte ihn nicht.

24 ZURÜCKBUCHSTABIEREN

Punkt. Speichern. Print. Herunterfahren. Schluss für heute. Iveta Emsis legte die Blätter, die der Drucker summend freigab, auf den Laptop, ohne sie noch einmal durchzusehen. Sie schaute auf die Uhr. Zehn Uhr. Schon? Sie merkte, dass sie hungrig war. Gegen halb fünf hatte sie heute mit dem Übersetzen angefangen, sich zwischendurch mal einen Tee gemacht und an einem Schokoriegel geknabbert und dann über der Arbeit völlig die Zeit vergessen. Sie war noch nicht ganz aufgetaucht aus der Welt dieser fragmentarischen Lebensgeschichte. Sie ging in die Küche, schnitt sich ein Stück Brot ab, bestrich es mit Butter und belegte es mit dünnen Tomatenscheiben. Ein bisschen Salz und Pfeffer drüber, ein Glas Rotwein dazu.

Nun hatte sie schon einen recht großen Teil dieses seltsamen Tagebuchs übersetzt, das ihr ein Kurier als ein Bündel Kopien am Dienstagabend gebracht hatte. Aber sie wurde nicht schlau daraus. Das war natürlich auch nicht ihre Aufgabe, aber trotzdem. Ihr Job war es, den Text – wie sollte sie es sagen – gewissermaßen aus verschiedenen Verhüllungen herauszuschälen. Die

Mitteilungen des unbekannten Schreibers waren in die fremde Schrift eingewickelt und dann in einer entlegenen Sprache versteckt. Bis dahin konnte sie, Iveta, vordringen, die kyrillische Schrift war ihr vertraut, Lettisch war, neben Deutsch, ihre zweite Muttersprache. Und doch schien ihr der Text, wie er geschrieben war, eine weitere Schicht des Verbergens zu enthalten. Was soll das?, hatte sie sich während des Arbeitens ab und zu gefragt, warum schreibt einer ein solches Tagebuch? Und: Warum will die Polizei diesen Text?

Iveta Emsis war dreißig Jahre alt und lebte seit drei Jahren in Bern. Sie arbeitete vormittags als Sekretärin beim Weltpostverein. Die Stelle hatte sie auch wegen ihrer Fremdsprachenkenntnisse erhalten. Sie sprach ausgezeichnet Deutsch, weil ihre Mutter Deutsche war. Russisch war ihr viele Jahre lang in der Schule eingetrichtert worden, und nach einem Jahr als Au Pair in Genf konnte sie auch ziemlich gut Französisch; inzwischen noch besser, weil ihr Freund Marc, ein Lehrer, Westschweizer war. Das Deutsche gefiel ihr, weil es eine Sprache der Klarheit war, Wörter wie dunkel glänzende Steine. Ihrem Herzen näher war aber das weich klingende, gleichermaßen nervöse wie umständliche Französisch. In Genf hatte es ihr gefallen, und sie wollte gern wieder in die Schweiz. Mit siebenundzwanzig war sie zurückgekehrt. Sie übersetzte sehr gerne und nahm regelmäßig als Freelancer kleinere Aufträge an. Ihr Traum war es, lettische Literatur ins Deutsche zu übersetzen, aber bisher hatte sie keinen Verlag gefunden, der Interesse daran zeigte. Dennoch arbeitete sie in ihrer Freizeit ab und zu an der Übersetzung des Romans eines jungen lettischen Schriftstellers.

Aber im Moment ging es um dieses Tagebuch. Der Glarner Polizist, der sie angefragt hatte, hatte ihr enttäuschend wenige Informationen geliefert. Bloß dass es eilte, hatte er betont. Sie hatte sich am Mittwochnachmittag auch gleich daran gesetzt – aber bitte, zaubern konnte sie nicht. Vermutlich würde sie morgen Freitagabend damit fertig werden. Der handschriftliche Text setzte vor acht Jahren ein. Die Schrift war gut leserlich, die Buchstaben waren sorgfältig nebeneinander gesetzt. Der Schreiber hatte seine Eintragungen nicht hastig hingekritzelt, sondern sie bedächtig, überlegt niedergeschrieben. Iveta hatte es unterlassen, das Ganze zuerst aus der kyrillischen Schrift in die lateinische zu transkribieren, sondern übersetzte aus der Originalschrift, die ihr ebenso geläufig war. Sein Lettisch war nicht schwer zu übertragen. Er schrieb in kurzen Sätzen, beschränkte sich auf eher einfache Satzkonstruktionen. Man merkte indessen seine Fortschritte. Vor acht Jahren hatte er offensichtlich erste Schritte in dieser Sprache getan, unbeholfene Versuche, fehlerhafte Sätze, nicht exakt verwendete Wörter. Mit den Jahren wurde sein Umgang mit der Sprache sicherer, natürlich immer noch fehlerhaft. Etwas steif und unsicher mutete sein Lettisch an. Iveta vermutete, dass er ganz allein gelernt hatte, mit einem Lehrbuch als einzigem Gegenüber. Er hatte kaum Gespräche mit Letten geführt, keine Ausdrücke aus der Alltagssprache aufgeschnappt, sondern hielt sich ans Lehrbuchlettisch. Vermutlich war er nie im Land gewesen. Ein Stubenhocker? Ein Eigenbrötler?

Das war Iveta, die Sprachen ebenfalls liebte, fremd. Sprachen waren hauptsächlich dazu da, um zu sprechen, zu hören, mit Menschen in Kontakt zu kommen, einander zu verstehen. Französisch hatte sie ganz unsystematisch im täglichen Leben aufgenommen. Ein paar Vorkenntnisse aus der Schule, dann ab nach Genf, in eine Familie, in der ausschließlich Französisch gesprochen wurde. Sie hatte sich durchgeschlagen, zuerst unter Ächzen und Stöhnen, dann besser, und eines Tages hatte sie, selbst überrascht, festgestellt, dass sie, ohne viel überlegen zu müssen, einfach drauflos redete. Mit der fünfjährigen Corinne war es am besten gegangen. Die hatte fröhlich über Ivetas Fehler gelacht und ihr dann ernsthaft vorgesagt, wie es richtig heißen musste.

Dass sie das Tagebuch eines Mannes vor sich hatte, hatte sich bald herausgestellt. Aber wer dieser Mann war, wie die Polizei an seine Aufzeichnungen gekommen war und warum sie sie lesen wollten, damit war der Polizist nicht herausgerückt. Was hatte das alles zu bedeuten? Natürlich kannte sie auch den Namen des Schreibers nicht, nicht sein Alter, wusste nicht, wie er aussah. Das einzig Konkrete, was sie dem Text hatte entnehmen können, waren ein paar Ortsangaben gewesen. Schwanden. Glarus. Linthal. Keine Überraschung, da sie das Dokument von einem Glarner Polizisten bekommen hatte. Tierfehd. Auf Google-Map hatte sie eruieren können, wo das lag. Ein Nicht-Ort, eine Baustelle, ein Garnichts. Dahin war dieser Mann über Jahre hinweg immer wieder gewandert, oft in Begleitung einer Helen. Die Suche auf Google nach »Tierfehd« hatte noch etwas anderes ergeben. Sie war auf der Seite des Polizeiberichts des Kantons Glarus gelandet und hatte die Meldung gelesen, dass dort vor etwa zwei Wochen ein toter Mann gefunden worden war. Mit wachsender Aufregung hatte Iveta die dürren Zeilen in sich hineingesogen: War dieser Tote der Autor dieses Tagebuchs? Hatte sie teil am Leben eines Verstorbenen, übersetzte sie aus dem Tod ins Leben? Es hatte keinen Zweck, Herrn Zwicky zu fragen, er dürfte es ihr gar nicht sagen. Im Polizeibericht hatte gestanden, die Todesursache sei unklar. War die Polizei dabei, diesen Todesfall zu klären? Enthielt dieser Text ein Geheimnis, die Lösung eines Rätsels? Iveta war eine fantasievolle Person, diese Aussicht faszinierte sie.

Allerdings machte der Text es ihr nicht leicht. Er war, so schien es, das Gegenteil eines Geheimnisses, er enthielt meist Eintragungen, die an Banalität kaum zu überbieten waren. Es war kein Tagebuch im wörtlichen Sinn, es gab immer wieder längere Zeitabschnitte, während denen der Mann nichts notiert hatte. Dann wieder hatte er regelmäßig Tag für Tag aufgeschrieben, wie er seine Tage verbrachte. Und wie verbrachte er sie? Einen Tag im Februar vor sechs Jahren beispielsweise so:

»Halb sieben aufgestanden. Glatteis, mühsam. Im Geschäft eilige Aufträge. Mittags mit Bertschinger und Wirz gegessen. Wirz langweilig wie immer. Bertschinger machte blöden Witz. Nicht reagiert. Abends mit André und Familie zusammen. Laila spricht mit drei Jahren schon recht nett Italienisch. Gefreut. Prima Kind. Abends Maltesisch gelernt. Jetzt müde. Morgen hat Helen Geburtstag.«

Er musste ein absoluter Sprachencrack sein, dieser Mann. Lettisch lernen war ja schon außergewöhnlich, wusste Iveta – aber Maltesisch, du meine Güte! Gab es das überhaupt?

Warum schreibt man ein Tagebuch von dieser Art, fragte sich Iveta. Ein Dokument des Unwichtigen, Alltäglichen? Der Text war ganz auf den Schreiber bezogen. Keine Gedanken zum Beispiel über weltpolitische Ereignisse, keine tieferen Erkenntnisse über seine Umgebung, seine Mitmenschen. Auch über sich selbst notierte er nur Gleichgültiges. Nie wurde er ausführlich, immer nur lakonische Bemerkungen, oft keine vollständigen Sätze, kaum waren Empfindungen wahrnehmbar. Die Bemerkung »Gefreut. Prima Kind« war bereits ein Highlight an großen Gefühlen.

Sie selbst hatte auch zeitweise Tagebuch geführt. Mit ihrer runden Schrift hatte sie Hefte gefüllt. Rasch niedergeschriebene Erlebnisse, unsortierte Gedanken, Lebenspläne, die keinen Bestand haben mussten, erste Eindrücke von ihrem Leben in der Schweiz, von Männern, die sie traf, alles ein bisschen geschwätzig, aber warum nicht, die Geschichten waren ja nur für sie selbst bestimmt. Wenn sie darin las, was sie ab und zu tat, amüsierte sie sich über dieses Durcheinander an Gefühlen, Ideen, Wünschen, Empörtheiten, Glück und Unglück.

Am Mittwoch, dem ersten Tag, an dem sie sich diese Übersetzung vorgenommen hatte, hatten sie die Eintragungen des unbekannten Mannes, die sich fast ausschließlich um Alltäglichkeiten drehten, gelangweilt, sie waren so hölzern, ohne Charme und Humor. Aber mit der Zeit hatte es der Schreiber doch fertiggebracht, sie zu fesseln. Aus ihrer Abwehr wurde Berührtheit. Sie hatte sich in den langsamen Schritten, die der Text erlaubte, auf dieses Leben eingelassen. Aus den Eintragungen ergab sich eben doch das Bild eines Lebens, ein Puzzle aus vielen kleinen Teilen, Halbsätzen, Sätzen, Sprachbildern. Er hatte ein geordnetes Leben geführt, war zur Arbeit gegangen, hatte Kontakt zu dieser Familie mit André und der kleinen Laila, lernte eine Sprache nach der anderen, ging allein auf Wanderungen. Aber es blieb der Eindruck, dass er vielleicht mehr verborgen hielt, als er erzählte. Genügten ihm selber Andeutungen, um sich später zu vergegenwärtigen, was ihn damals bewegt hatte? Oder wollte er seine Aufzeichnungen vor anderen geheim halten? Darauf deuteten bereits die Schrift und die Sprache hin. Es hatte ja, immerhin so viel hatte Polizist Zwicky ihr erzählt, eine Recherche erfordert, überhaupt herauszufinden, welche Sprache sich hinter der kyrillischen Schrift versteckte. Vielleicht ging das Bedürfnis des Autors nach Privatheit noch weiter, indem er auch den Lesern, die den Text oberflächlich verstanden, seine wirkliche Bedeutung vorenthielt.

»Morgen hat Helen Geburtstag« hatte der letzte Satz in jener Eintragung vom Februar vor sechs Jahren gelautet. Am nächsten Tag keine Eintragung. Was war das für eine Helen? Hatte er den Geburtstag mit ihr gefeiert, ohne darüber zu schreiben? Lebte sie weit weg von ihm, und er hatte ihr lediglich eine Karte gesandt oder sie angerufen? Oder – war Helen vielleicht schon gestorben? Wie alt war wohl der Mann? Alt, verwitwet? Er schrieb von der Familie eines André mit einer dreijährigen Tochter, Laila. Verwandte von ihm? Freunde? Italiener? Eher war Lailas Italienisch wohl ihre zweite Sprache. Sonst hätte er einfach notiert, sie spreche schon ganz gut. Das aber war bei einer Dreijährigen selbstverständlich. Also handelte es sich vermutlich um eine binationale Familie. Oder, ließ Iveta ihre Gedanken laufen, war es der Tagebuchschreiber, der dieser Laila Italienisch beibrachte?

In späteren Eintragungen kam Helen immer wieder vor, Erinnerungen an sie. Sie musste seine Frau oder seine Freundin gewesen sein. Der Mann rief sich Erlebnisse mit ihr, gemeinsame Ferien ins Gedächtnis zurück. Nie längere Geschichten, nur diese Bemerkungen in Satzfetzen. Auch wenn alles so beiläufig daherkam – es mussten für ihn wichtige Ereignisse gewesen sein, auch heute noch bedeutsam, sonst hätte er sie nicht aufgeschrieben. Tatsächlich waren die beiden einmal in Malta gewesen. In einem Juli schrieb er:

»Vor sieben Jahren mit Helen nach Malta gereist. Für sie war das Klima zu heiß, aber sie war dennoch glücklich. Immer auf der Suche nach Schatten. Kaufte ihr einen riesigen Sonnenhut. Sie sagte, sie fühle sich darunter behütet.«

Am nächsten Tag nur ein Satz: »Als ich von Glarus wegging, warf ich den Sonnenhut weg.«

Wann war das? fragte sich Iveta. Nach der Trennung – oder nach Helens Tod?

Einige Monate später fand Iveta den Eintrag: »Heute war Helens Todestag. Ins Tierfehd gewandert. Glaubte, ihre Stimme zu hören, ihren leichten Schritt neben mir.«

Wie viele Jahre lag Helens Tod zurück?, fragte sich Iveta. Der Mann musste sie sehr vermisst haben, gerade weil er mit seinen Äußerungen so sparsam war. Er hatte ihre Stimme, ihren Schritt wahrgenommen, da brauchte er gar nicht zu schreiben, er sei traurig. Auch in weiteren Jahren fand sich die Eintragung, dass er an Helens Tod ins Tierfehd gewandert war. Gegen Ende November. Richtig, das war gar noch nicht lange her. Knapp zwei Wochen. Hatte er an dem Tag wieder diese Wanderung unternommen? Und was war auf dieser Wanderung geschehen? Iveta war nun beinahe sicher, dass der Tote im Tierfehd der Schreiber dieses Tagebuchs war. Warum und wie war er gestorben? Er musste seine Frau sehr geliebt haben. Sicher war er viele Jahre mit ihr zusammen gewesen, er war bestimmt kein junger Mann mehr. Viel älter als sie, Iveta.

Liebte man erst dann richtig, wenn man älter war? Dieser Gedanke war ihr etwas unangenehm. Sie war dreißig und hatte das Gefühl, nicht wirklich zu wissen, was Liebe war. Natürlich hatte sie Liebesbeziehungen gehabt, auch ein paar Affären. Sie war hübsch, sah mit den kurzen dunklen Haaren ein wenig frech aus, sie gefiel den Männern. Seit drei Jahren war sie mit Marc zusammen. Sie verbrachten die Wochenenden und die Ferien zusammen, ab und zu fuhr sie unter der Woche einen Abend nach Neuchâtel oder er kam zu ihr. War das Liebe? Na klar, anfangs war sie verliebt gewesen, und Verliebtheit hielt nicht ewig an. Aber war das, was folgte, Liebe? Falls ja, gestand sich Iveta ein, war die Liebe ein bisschen etwas Enttäuschendes. Was sie für Marc empfand, war mit Sicherheit nicht das, was der Unbekannte – oder kenne ich ihn jetzt? – für seine verstorbene Frau empfunden hatte. Marc und sie hatten schon darüber gesprochen, ob sie zu ihm ziehen sollte, ob sie heiraten, Kinder haben wollten. Diese Gespräche verliefen jeweils träge, unengagiert, sie hatten ja noch viel Zeit, es eilte nicht. Iveta wurde jedes Jahr anstandslos ihre Aufenthaltsbewilligung in der Schweiz erneuert. Was wäre, wenn Marc sterben würde? Sicher würde sie weinen, sie würde ihn vermissen, er würde zu einer Erinnerung, die bleiben würde.

Aber würde sie jedes Jahr an seinem Todestag nach Neuchâtel fahren, sich dort an den See setzen, wo sie oft an Sommerabenden gesessen waren? Würde sie auf dem Friedhof Marcs Grab aufsuchen, wie es dieser Mann tat? Iveta machte sich nichts vor: Sie würde das alles nicht tun. Jedenfalls nicht über Jahre hinweg. Hatte Helens Mann keine andere Frau mehr gehabt? Vielleicht war das in seinem Alter nicht mehr so wichtig. Iveta, wies sie sich zurecht, hör auf zu spekulieren, du weißt ja gar nicht, wie alt er war. Der Mann, der im Tierfehd gefunden worden war, war etwa fünfzig gewesen. Alt, befand Iveta, definitiv alt. Sie, Iveta, würde einen anderen Mann finden. Vielleicht würde sie sich die Haare wachsen lassen und blond färben. Wäre das nicht ein guter Kontrast zu ihren dunklen markanten Augenbrauen? Mein Gott, sie hörte sich ja schon an, als ob sie wieder Single wäre. Im Stillen tat sie Marc Abbitte. Aber der Gedanke, was Liebe war und ob sie sich diesen Zustand überhaupt wünschte, ließ sich nicht verscheuchen. Man sah ja, wohin das führte, dachte sie, absichtlich grob.

Sie kehrte zum Tagebuch zurück. Vor wenigen Monaten hatte sich sein Charakter zu verändern begonnen. Nicht, dass der Autor gesprächiger geworden wäre. Er äußerte sich womöglich noch knapper. Aber anders im Ton. Iveta hatte den Eindruck, dass an diesen dürren Worten Gewichte hingen, viel Unausgesprochenes. Schmerz, Zorn, Leid, er erzählte – wenn man das überhaupt erzählen nennen konnte – in seinem gewohnten Stil, aber jetzt war seine Knappheit nicht lakonisch, sondern brüsk. War etwas geschehen, das ihn aufgewühlt und schließlich verhärtet hatte? Etwas, was er natürlich nicht niedergeschrieben, sondern nur angedeutet hatte, so, dass nur er es verstand? Geheimniskrämer, dachte Iveta, fast eifersüchtig, dass er sie nicht näher teilhaben ließ an dem, was ihn bewegte.

Dann fuhr sie zusammen. Halb zwölf. Höchste Zeit, schlafen zu gehen. Sie hatte sich in ihren Gedanken ganz verloren. Das halbe Tomatenbrot lag noch vor ihr. Nur das Weinglas war leer. Sie aß hastig das Brot auf und nahm sich aus dem Kühlschrank etwas Schokolade. Den Rest der Übersetzung würde sie morgen schaffen, wenn sie sich gleich nach dem Mittagessen daran setzte. Dann würde sie es diesem Glarner Polizisten übermitteln – und nie mehr daran denken.

25 YVERDON

Sie hatte den Wecker früh gestellt, aber sie war schon vorher wach. Sie versuchte sich zu zwingen, noch einige Minuten ruhig liegen zu bleiben. Aber nach einer halben Minute warf sie die Decke zurück, stand auf und ging ins Bad. Wasserrauschen. Radiostimme. Gesungenes Selbstgespräch. Den kleinen Koffer hatte sie schon am Vorabend vom Estrich geholt. Sie platzierte die Kaffeetasse auf dem Nachttisch. Die nassen Haare, noch ungekämmt, fielen ihr ins Gesicht. Der Koffer lag geöffnet vor ihr. Sie warf Kleider hinein. Brauchte sie zwei oder drei T-Shirts? Besser drei. Das dunkelrote und das olivgrüne, das schwarze, nein, nicht das schwarze, das war alt und ausgebleicht. Die dunkelgrauen Jeans. Das helle Strickjäckchen. Oder besser die Fleecejacke, es wird kalt sein. Sie warf das helle Teil in Richtung eines Stuhls, es landete auf dem Boden, es kümmerte sie nicht. Sieben Uhr. Um diese Zeit öffnete die Migros. Sie fuhr mit dem Kamm energisch durch die Locken, zog ein Shirt an und eilte aus dem Haus, sprintete zum Geschäft. Kaufte planlos zwei, drei Dinge, die ihr gerade ins Auge fielen, und ein Nikolaussäckchen aus Jute, beklebt mit Adventsdekorationen aus buntem Filz, umwickelt mit einem breiten roten Band. Es war kalt draußen, die Straßen feucht, aber nicht weiß, langsam wurde es hell. Zu Hause löste sie das rote Band, öffnete das Säckchen und leerte es aus. Füllte es neu. Anstelle der Schokotaler legte sie eine Mandarine hinein, ein paar frische Datteln, einige Pralinés der besten Confiserie Zürichs, einen Marzipanengel, eine Handvoll Erdnüsse und einen kleinen zugeklebten Briefumschlag, auf dem sein Name stand. Sie band das Säckchen wieder zu, legte es in den Koffer. Stöberte im Kleiderschrank, entschied sich schließlich für ein schwarzes Strickkleid. Dazu die Silberkette mit den Bergkristallsteinen. Sie versenkte sie in einem nachtblauen Samtbeutel, den sie zuunterst im Koffer versorgte. Im Spiegel sah sie, dass sie das Shirt verkehrt herum angezogen hatte. Schon wollte sie den Koffer schließen, da merkte sie, dass sie die Toilettensachen vergessen hatte. Ab ins Bad, all die kleinen Notwendigkeiten zusammengepackt, dazu eine Haarspange, bisschen Schminkzeug, ein Parfum. In den Koffer damit. Im Spiegel sah sie ihre Ohrringe, eilte zur Schmuckschale, nahm ein anderes Paar und wechselte sie aus. Entfernte sie wieder und montierte ein drittes Paar an den Ohren. Okay. Das erste Paar in den Schmuckbeutel. Hastig streifte sie sich das Shirt über den Kopf und zog es richtig an. Sie schloss den Koffer, riss ihn wieder auf, stopfte noch den dicken violetten Pullover rein. Sie kniete auf ihn, um ihn zuzuzwingen. Geschafft. Der Kaffee war kalt. In der Küche goss sie sich einen zweiten Kaffee ein, verschlang hastig ein süßes Brötchen, das sie sich in der Migros geschnappt hatte. Runzelte die Stirn. Hatte sie irgendetwas vergessen? Sonnenbrille? Warme Mütze? MP3-Player? In die Handtasche steckte sie die Zeitung und ein Buch, das er vielleicht auch gern lesen würde. Sie hatte es in einem Antiquariat gefunden; ein Krimi der englischen, vor ein paar Jahren verstorbenen Autorin Anthea Cohen. Dazu kamen ein Mineralwasser und ein Apfel. In einer halben Stunde fuhr ihr Zug. Sie warf sich den warmen Mantel um, schlang einen Schal um den Hals und griff nach Koffer und Handtasche. Die Bewölkung lockerte langsam auf. Im Zug nach Yverdon fand sie ein leeres Viererabteil, richtete sich ein mit Zeitung, einem Becher Kaffee und einem Brioche. Die Sonne drang durch die durchscheinend dünn gewordenen Wolken, der Himmel färbte sich blau. Der Zug fuhr los.

Es war noch dunkel, als er erwachte. Aber die Nacht war nicht mehr schwarz, sondern blau, gemustert mit ein paar Lichtpunkten. Der Schnee schimmerte gelblich im Schein der Straßenlaternen. Langsam, wie in Zeitlupe, fielen kleine Flocken. Im Badezimmer betrachtete er sich kritisch im Spiegel. Er schlüpfte in Jeans, die er lange nicht getragen hatte, zog sich einen blauen Rollkragenpullover über und eine Jacke aus weichem hellbraunem Leder. Wieder beäugte er sich kritisch, diesmal seine ganze Gestalt im hohen Spiegel im Schlafzimmer. Nach dem ersten Kaffee griff er nicht nach den Wanderschuhen wie seit mehr als drei Monaten jeden Morgen, sondern nach sportlichen schwarzen Lederschuhen. Heute Morgen keine Wanderung um den Lac Brenet. Keine Wanderung um den Lac Brenet, wiederholte es in ihm. Wichtigeres zu tun. Wichtigeres zu tun. Dieser Satzfetzen schwirrte durch seinen Kopf, flog Runden, drehte Pirouetten, schlug Saltos vorwärts und rückwärts. Besseres zu tun, Besseres zu tun. Es war hell geworden. Er machte sich auf ins Dorf. Im Coiffeursalon war er der erste Kunde. Er ließ sich den grauen Schopf kürzen und den drei Monate alten Bart bis auf die Länge eines Dreitagebartes scheren. Im Lebensmittelgeschäft des Ortes, das klein war, in dem man aber dennoch alles fand, was man benötigte, kaufte er ein, großzügig, fast verschwenderisch, für weit mehr als drei Tage. Fleisch, Obst, Süßigkeiten, Salat, Joghurts, Wein, Champagner. Wieder zu Hause, bezog er das Bett neu und hängte große hellgrüne Frotteetücher ins Bad. Er räumte das Frühstücksgeschirr weg, wischte den Küchentisch sauber, entfernte eine Spinnwebe und fuhr mit einem Staublappen über Bücherregal und Arbeitstisch. Auf den Esstisch stellte er eine Schale mit Obst: Orangen, Äpfel, Bananen. Das mochte sie. Dann legte er sich für eine Stunde hin. Schloss die Augen. Wichtigeres zu tun, rappte es in seinem Kopf. Besseres zu tun, Besseres, summte es. Er stellte die Heizung ein bisschen höher.

Es schneite immer noch. Ein Blick auf die Uhr. Zeit zu fahren. Er schlüpfte in eine Jacke, nahm die Autoschlüssel, setzte sich ins Auto, startete den Motor und bog in die Straße Richtung Yverdon ein.

26 FINALE

Melchior Zwicky saß an seinem Schreibtisch. Es war Montagabend, am Eindunkeln. Er hatte den Blick aus dem Fenster gerichtet, im Hintergrund klang aus dem Radio leise Unterhaltungsmusik. Das half ihm manchmal, sich zu entspannen. Im Moment war er angespannt, hoch konzentriert, in seinem Kopf drehten sich Gedanken, Ideen, Zweifel, Fragen, Antworten, Schlussfolgerungen. Er schaute auf den Schreibtisch. Vor ihm lag ein großes Blatt Papier. Darauf lagen Kärtchen. Einige runde Kärtchen, auf denen ein Name stand. Etliche viereckige Kärtchen, auf die er einen Satz oder auch nur Stichworte, Halbsätze gekritzelt hatte. Wenige waren umfangreicher, enthielten mehrere Sätze. Hinter einzelnen Aussagen stand ein Fragezeichen, hinter anderen ein Ausrufezeichen oder drei Punkte. Von den viereckigen Kärtchen war jedes einem Namenskärtchen zugeordnet. Lange Zeit hatte Zwicky an diesem Nachmittag darüber gebrütet, hatte Kärtchen hin- und hergeschoben, Linien zwischen Namen und Aussagen gezogen, durchgestrichen, andere Zusammenhänge hergestellt, geprüft und wieder verworfen.

Er hätte gern mit Streiff Kontakt aufgenommen, aber er wusste, dass Valerie an diesem Wochenende bei ihm war und erst am Montag gegen Abend nach Zürich zurückfahren würde. Der Alte würde seine Mails frühestens im Lauf des Dienstags anschauen. Seine Telefonnummer hatte er noch immer nicht.

Allmählich hatte sich für Zwicky ein Bild der Ereignisse und Abläufe ergeben. Es erklärte nicht alles, es gab offene Fragen, lose Enden, aber das war bei Ermittlungen immer so. Nicht alles Unwichtige wurde geklärt, es musste nur vom Wichtigen getrennt werden. Die Elemente, die relevant waren, mussten ein Ganzes ergeben, vielleicht nicht bis ins letzte Detail widerspruchsfrei. Denn Menschen handelten nie völlig logisch, es unterliefen ihnen kleine Fehler, es gab Ungereimtheiten, aber im großen Ganzen mussten die Indizien zusammenpassen und eine Lösung ergeben. *Die Lösung*.

Das war Zwicky heute gelungen, er war sich sicher. Heute Morgen hatte die lettische Übersetzerin ihm das Tagebuch von Matthias Freytag geschickt. Die Resultate der Abklärungen, mit denen er seine Mitarbeiter in den letzten Tagen betraut hatte, waren alle eingetroffen. Streiffs Anregungen und Anweisungen hatte er befolgt, seine Fragen waren, soweit möglich, beantwortet. Alle Indizien deuteten auf eine einzige Lösung hin. Zwicky schüttelte den Kopf. Unglaublich. Aber er zweifelte nicht daran.

Es gab zwei Opfer. Und es gab zwei Mörder. Es gab

kein Geständnis, keine Beweise. Es würde nicht zu einer Anklage, nicht zu einem Prozess, nicht zu einer Verurteilung kommen. Denn beide Täter waren tot. Matthias Zwicky war der Mörder von Doro Schuler. Doro Schuler war die Mörderin von Matthias Freytag.

Die Indizien wogen unterschiedlich schwer. Doktor Schuler hatte einige Tage vor Freytags Tod Rohypnol aus der Spitalsapotheke bezogen. Aber auch Barbara Amsler hätte Gelegenheit gehabt, eine Schachtel von dem Zeugs aus ihrer Apotheke abzuzweigen. Polizeibeamte hatten bei einer nochmaligen Durchsuchung von Doro Schulers Abfall einen Kassenzettel gefunden, der belegte, dass sie in der Woche vor dem fraglichen Tag eine Flasche Träsch gekauft hatte. Diese war in der Wohnung nicht gefunden worden. Weder in der Bar noch beim Altglas. Aber gut, jede Person konnte sich Träsch besorgen. Amsler tat dies regelmäßig, und auch Aebli mit seinem Sozialhilfeeinkommen hätte es sich für einmal leisten können. Auf Freytags Telefondisplay hatte sich die Telefonnummer von Doro Schuler gefunden, und bei ihr Freytags Nummer. Die beiden hatten in der letzten Zeit vor ihrem Tod also miteinander Kontakt gehabt. Auf Doro Schulers Schreibtisch hatte ein Swahili-Lehrbuch gelegen, und sie hatte ja früher Swahili-Unterricht bei Freytag genommen. Zwicky hatte vermutet, dass sie ihn wegen eines sprachlichen Problems angerufen hatte. Aber sicher war das natürlich nicht, das war ihm bewusst gewesen. Bei Matthias Freytag hatte sich ein Buch für

Pilzsammler gefunden, in dem die essbaren und die giftigen Pilze und die Gefahren von Giftpilzen detailliert beschrieben wurden. Aber auch Barbara Amsler ging Pilze sammeln, und, wer weiß, vielleicht auch Hans Aebli oder Peter Bühler.

»Wusste Doro Schuler, dass sie giftige Pilze gegessen hatte?«, hatte die erste Frage auf Streiffs Liste gelautet. Fragen konnte man sie nicht mehr. Aber falls sie es nicht gewusst hatte, würde das erklären, warum sie nicht ins Spital gegangen war, um sich behandeln zu lassen. Die Frage war dann, wie sie die Pilze zu sich genommen hatte. Vielleicht in einem Eintopfgericht, hatte Zwicky gemutmaßt. Ganz klein geschnitten und versteckt zwischen einer Menge Gemüse und vielleicht Geschnetzeltem.

Dann der Fingerabdruck. Streiff hatte ihn angewiesen, den halben Abdruck auf der Träsch-Flasche mit denjenigen von Barbara Amsler, Hans Aebli, Peter Bühler, Doro Schuler und – Agnes vergleichen zu lassen. Das war eine Unverschämtheit sondergleichen gewesen, anzunehmen, der Abdruck könnte von seiner Agnes stammen. Er hatte ernsthaft an Streiffs geistiger Gesundheit gezweifelt. Selbstverständlich hatte er das nicht befolgt. Und es war, wie sich ja dann herausstellte, auch nicht nötig gewesen. Aebli und Bühler hatten ihre Finger widerstrebend hingehalten. Bei Amsler war es, gelinde gesagt, etwas schwieriger gewesen. Gar nicht gewehrt hatte sich Doro Schuler. Und dieser Vergleich war ein Volltreffer gewesen. Sie hatte sich mit Matthias Freytag im Tierfehd getroffen. Waren sie verabredet gewesen, oder hatte sie es geplant und ihn überrascht? Wie war sie hingekommen?

Diese Frage beantwortete Matthias Freytags Tagebuch, dieses wortkarge Dokument, das für Zwicky aber verständlich gewesen war, da er die Leerstellen mit seinem Wissen füllen konnte. »Heute Karte einer Agnes Carmichael in der Post. Bittet mich um ein Treffen. Wegen Helen.« Eine Woche später: »Frau Carmichael getroffen. Schreckliche Eröffnung. Was jetzt? Weiterleben? Oder nicht?« Nach einigen Tagen: »Noradrenalin anstelle von Phenylephrin. Nicht geschlafen seither.« Mehrere Wochen lang immer wieder ähnlich klingende Sätze. Dann: »Ich habe einen Entschluss gefasst: Werde mich mit Doktor Schuler treffen. Habe angedeutet, dass ich Bescheid weiß.« – »Habe mich mit Doktor Schuler verabredet. Am zehnten Todestag von Helen. Treffpunkt beim Fätschli.« Mehr nicht. Keine Äußerung dazu, was dieses Treffen sollte. Kein Mordplan. Es waren aus diesen sparsamen Eintragungen kaum Gefühle spürbar. Was hatte Agnes' Eröffnung in ihm ausgelöst? Sicher Schmerz, Sehnsucht nach seiner Frau. Offenbar auch Wut, mehr noch, unbändigen Hass. Ein Gefühl, das eigentlich gar nicht zu diesem zurückhaltenden, stillen Mann passte. Außer es ging um Helen. Das hatte André Freytag so beschrieben.

Matthias Freytag hatte also Doro Schuler angerufen und ihr gesagt, dass er wusste, dass sie am Tod von Helen schuld war. Schuler hatte rasch geschaltet, vermutete Zwicky. Von einem verbitterten, seit zehn Jahren trauernden Witwer würde sie sich nicht die Karriere ruinieren lassen. Der Mann musste weg. So oder so ähnlich musste sie überlegt haben. Es passte ihr wohl gar nicht schlecht, dass er sie zum Fätschli bestellte, dem Anfang des Wanderwegs ins Tierfehd, und mit ihr ins Tierfehd spazieren wollte. Ein abgelegener Ort. Keine Zeugen. Sie entwarf ihren Plan.

Und so hatten sie sich getroffen. Sie mit Träsch, der mit Rohypnol gepanscht war, im Gepäck. Und er? »Womit war das Sandwich in Freytags Rucksack belegt? Lass es analysieren!«, hatte eine der Anweisungen von Streiff gelautet. Die Analyse ergab – das war für Zwicky eine der größten Überraschungen gewesen – dass der Brotaufstrich aus Streichleberwurst gemischt mit einer tödlichen Dosis von püriertem Knollenblätterpilz bestand. So waren sie also einträchtig zusammen gewandert, beide mit Mordgedanken im Herzen und Tatwaffen im Rucksack. Was war während jener Wanderung geredet worden? Zu einem Streit war es sicher nicht gekommen, denn beide waren an einem gemeinsamen Picknick interessiert. Im Tierfehd hatten sie sich an einen der Tische gesetzt. Sie hatte ihm mit Rohypnol versetzten Träsch angeboten, er ihr ein vergiftetes Sandwich. Als er beduselt war und sich nicht mehr wehren konnte, hatte sie ihm genügend von dem Zeug eingeflößt, um ihn vollends außer Gefecht zu setzen, und hatte ihn dann dort ausgesetzt – nicht wissend, dass auch sie zum Tod verurteilt war.

Wie war sie von da weggekommen? Gemütlich zurückgewandert? Kaum. Das rote Auto. Nicht nur Barbara Amsler und Hans Aebli hatten Zugang zu einem roten Auto. Doktor Schuler besaß neben dem silberfarbenen Alfa einen roten Subaru. Im Nachhinein war Zwicky ein Detail des Gesprächs mit Frau Jenny und ihrem Enkel wieder in den Sinn gekommen, das er damals nicht beachtet hatte. Die alte Frau hatte von einem roten Auto gesprochen, das in Richtung Tierfehd gefahren war. Etwas später hatte der Junge jedoch erwähnt, dass ein roter Wagen »heruntergefahren« war, also in Richtung Linthal. Und dann der Radfahrer. Plötzlich hatte Zwicky gewusst, wie es abgelaufen sein musste. Schuler war am Morgen mit dem Subaru ins Tierfehd gefahren. Der Wagen hatte eine Halterung für ein Fahrrad, sie musste ihr Rad aufs Auto geladen haben. Frau Jenny und Mathis hatten zwar nichts von einem Fahrrad gesagt. Aber es konnte nicht anders gewesen sein. Schuler hatte das Rad hinten geparkt und war mit dem Auto zurückgefahren. Wahrscheinlich hatte sie es auf dem Parkplatz der Braunwaldbahn abgestellt. Dann hatte sie Freytag getroffen, war mit ihm gewandert und war nach getaner Arbeit mit dem Rad »pfeilschnell«, wie Mathis erzählt hatte, zurückgeflitzt, hatte es wieder am Subaru befestigt und war nach Hause gefahren, wo sie dann in den folgenden Tagen ihr Schicksal ereilt hatte.

Das war die Geschichte. So musste es gewesen sein. Was Hans Aebli an jenem Samstag in Linthal gewollt hatte – belanglos. Ob Barbara Amsler tatsächlich ihr *Fernweh* in die Autobahnraststätte »Glarnerland« gezogen hatte und Peter Bühler sein Heimweh nach Glarus – völlig egal. Auch Doro Schulers Feinde im Spital, Patienten und Mitarbeiter, waren lediglich Statisten. Die tragenden Figuren in diesem Drama waren eine gewissenlose, schlampig arbeitende Ärztin, die bereit war, über Leichen zu gehen, und ein untröstlicher und unversöhnlicher Witwer, der selber für das sorgte, was er für Gerechtigkeit hielt, sowie eine Zeugin, die sich lange Jahre nicht erinnern, aber auch nicht vergessen konnte.

Hätte er den Fall ohne Streiffs Unterstützung im Hintergrund lösen können?, fragte sich Melchior Zwicky. Die Idee, das Sandwich analysieren zu lassen, war schon brillant. Da wäre er vermutlich nicht drauf gekommen, gestand er sich ein. Hatte Streiff die Lösung ebenfalls entdeckt? Er würde ihn morgen fragen.

Nun würde er eine kleine Medienmitteilung herausgeben. Nur die nötigsten Fakten. Ganz mager. Bereits strich er sich jedoch in der Agenda einen Termin für die Medienkonferenz an. Denn die Pressevertreter würden ihn überrennen mit Anfragen. So eine süffige Story. Dieser Fall würde eine Menge Geschichten hergeben, tiefgründige, rührselige, empörte, fantasievolle, spannende – wunderbares Lesefutter. Nicht nur Kaspar Beglinger würde sich austoben. Aber eines würde für die Öffentlichkeit ein Rätselraten bleiben: wie Matthias Freytag erfahren hatte, dass Doktor Schuler die Schuld am Tod seiner Frau trug.

GLOSSAR

amigs	jeweils
Augenwasser	Tränen
Cheib	saloppe Personenbezeichnung, je nach beigefügtem Adjektiv abwertend oder anerkennend
Eine Gattig machen	ordentlich aussehen, einen guten Eindruck machen
Langezeit	Sehnsucht, Heimweh
Mammi und Pappi	Mama und Papa
Migros	Großverteiler
Mobility	Carsharing-Organisation
Quartier	Stadtviertel
Schabziger	grünlicher Glarner Käse, sehr rezent
Schese	moderates Schimpfwort für eine Frau
Securitas	private Sicherheitsfirma
Siech	abwertende Personenbezeichnung
Träsch	Glarner Schnaps
Zigerhörnli	ein typisches Glarner Gericht: Hörnchenteigwaren mit Schabziger

MEIN DANK GEHT AN

Katharina Schenk von Toxinfo Zürich, die alles über giftige Pilze weiß

Marianne Zweifel, Schwanden, die sich im Glarnerland auskennt

Dr. med. Daniel Bäni, der den ärztlichen Kunstfehler beigesteuert hat

FRIEDERIKE SCHMÖE; JENNIFER B. WIND; ISABEL MORF; ELLA DANZ
Von Zimtsternen und Zimtzicken

978-3-8392-1955-3 (Paperback)
978-3-8392-5167-6 (pdf)
978-3-8392-5166-9 (epub)

MORDE, DIE MUNDEN Bösewichte aller Art , aber auch die lieben Mitmenschen machen den Hauptfiguren dieser vier schlimmen Geschichten den Advent madig: In Franken, Brandenburg, Zürich und Wien wird der vergnügliche Horror angerührt, das wohlige Gruseln zelebriert. Viermal Crimetime vom Feinsten, garniert mit wohlschmeckenden kulinarischen Highlights, verspricht köstliches Genießervergnügen! Und wer die Planung des Weihnachtsmenüs über der spannenden Krimilektüre verpasst, kann sich an unseren Rezepten schadlos halten.

GMEINER SPANNUNG

WWW.GMEINER-VERLAG.DE
Wir machen's spannend

ISABEL MORF
Jahrhundertschnee

978-3-8392-1608-8 (Paperback)
978-3-8392-4503-3 (pdf)
978-3-8392-4502-6 (epub)

EISKALTE SPANNUNG Zürich versinkt im Schnee. Die Bewohner werden zu Gefangenen ihrer Wohnungen, auch an der Bristenstrasse, wo die fünfundsiebzigjährige, unbeliebte Renate Ingold erstochen aufgefunden wird. Wer war's? Die alte Ursula Meyer, mit deren Mann die Tote einst eine Affäre hatte? Lajos Varga, von dem Ingold wusste, dass er im Spielcasino regelmäßig Geld verspielt? Aline Behrend, die unter Depressionen und Panikzuständen leidet und Angst hatte vor Frau Ingold? Beat Streiff ermittelt in alle Richtungen.

ISABEL MORF
Katzenbach

978-3-8392-1313-1 (Paperback)
978-3-8392-3947-6 (pdf)
978-3-8392-3946-9 (epub)

KATZENKIND Valerie Guts Hund fischt eine Babyleiche aus dem Katzenbach in Zürich. Es ist Luzia Attinger die unter dem Ambras-Syndrom litt, ihr ganzer Körper ist von dunklen Haaren bedeckt. Das Kind ist aus dem Kinderwagen, der im Garten der Familie stand, verschwunden. Beat Streiff und Zita Elmer ermitteln. Hat die Mutter das Kind in den Bach geworfen, weil es den Anblick der Kleinen nicht mehr ertragen konnte? Als noch ein zweijähriger Junge verschwindet, geraten die Kommissare an ihre Grenzen …

GMEINER SPANNUNG

WWW.GMEINER-VERLAG.DE
Wir machen's spannend

ISABEL MORF
Satzfetzen

978-3-8392-1132-8 (Paperback)
978-3-8392-3631-4 (pdf)
978-3-8392-3630-7 (epub)

ZÜRCHER AFFÄREN Die umstrittene Zürcher Kantonsrätin Angela Legler, gerade intensiv mit einem neuen Radwegekonzept für den Kanton beschäftigt, wird erstochen aufgefunden. Zunächst wird ein politisches Motiv vermutet, schließlich war die Politikerin kurz zuvor von einer Parlamentsmitarbeiterin beschuldigt worden, bestechlich zu sein. Oder handelt es sich um eine Beziehungstat? Denn die verheiratete Frau hatte offenbar auch eine Affäre …

Kommissar Beat Streiff ermittelt in alle Richtungen – unterstützt von seiner Freundin Valerie Gut, Besitzerin des Fahrradgeschäfts »FahrGut« im Stadtkreis Wiedikon.

ISABEL MORF
Schrottreif

978-3-8392-1022-2 (Paperback)
978-3-8392-3411-2 (pdf)
978-3-8392-3410-5 (epub)

VERFAHREN Zürich, Stadtkreis Wiedikon. Mysteriöse Vorfälle ereignen sich im Fahrradgeschäft »FahrGut«: In einer anonymen Zuschrift wird die Besitzerin Valerie Gut beschimpft, ein Kunde kehrt von einer Probefahrt nicht zurück, aus der Kasse verschwindet Geld. Und dann liegt auch noch ein Toter im Laden.

Eine echte Herausforderung für den erfahrenen Ermittler Beat Streiff von der Stadtpolizei Zürich und seine junge, energische Kollegin Zita Elmer. Auch Valerie ermittelt eifrig und stößt auf ein dunkles Geheimnis …

GMEINER SPANNUNG

Das Neueste aus der Gmeiner-Bibliothek

Unser Lesermagazin

Bestellen Sie das kostenlose Krimi-Journal in Ihrer Buchhandlung oder unter www.gmeiner-verlag.de

Informieren Sie sich ...

www ... auf unserer Homepage:
www.gmeiner-verlag.de

@ ... über unseren Newsletter:
Melden Sie sich für unseren Newsletter an unter www.gmeiner-verlag.de/newsletter

f ... werden Sie Fan auf Facebook:
www.facebook.com/gmeiner.verlag

Mitmachen und gewinnen!

Schicken Sie uns Ihre Meinung zu unseren Büchern per Mail an gewinnspiel@gmeiner-verlag.de und nehmen Sie automatisch an unserem Jahresgewinnspiel mit »mörderisch guten« Preisen teil!

GMEINER SPANNUNG

WWW.GMEINER-VERLAG.
Wir machen's spanne.